细微之暖

鲁锁印 著

中国文史出版社

序一

　　元旦节前，锁印先生将新著《细微之暖》送于我手中，对这份溢着墨香的珍贵礼物，我不仅格外欣喜，更觉实该如此。先生之作洋洋洒洒如珠玉琳琅，让我顿生崇敬之感。月余来，细细拜读，思绪万千，但迟迟未能动笔，主要是思想枯竭，才情不够，怕所文所言，有负先生。

　　我与锁印先生可谓莫逆之交。他幼承家训，聪颖早慧、豁达乐观，于少时就是一个典型的文学青年，有着诗人的热情和哲人般的成熟，对生活的思考有我们大多数人难以达到的深度。他兴趣广泛、文思敏捷，在诗歌、摄影、音乐、文艺评论、文化管理与文化理论诸领域均有重大成就和影响。其诗歌感情真挚、构思巧妙、精练含蓄，勾勒出人民生活的新貌，抒发了祖国大地到处跃动着蓬勃生命的喜悦，具有深沉奔放、清丽雄健、婉约细腻的风格；其散文善于从小处落笔，从具体的生活现象入手，努力发现蕴含的时代色彩和时代精神，表现出对人生的思考、对故土的回望、对生命的关爱、对人与自然的和谐期冀，富有丰厚的乡土性，包裹了充盈的思想性；他对自然景色有着敏锐细腻的感受力，善于以鲜丽的形象寄托雄阔的情思，以柔婉的抒情表现刚健的思想力量；他睿智勤勉、严谨求实，长期在文化部门工作并担任了多年的党政领导职务，还参与修史立传及各类文史资料的整理，把一份青灯黄卷、案牍劳形的苦差事干得有滋有味；他参与编纂的地方志书与文化丛书，让人读之可信，查之有据，行之能鉴。繁忙的工作之余，他依然笔耕不辍，随时随地记录自己的思想灵感，致力于各种文艺创作，其诗歌、散文经常发表于顶端文学和各类报刊、杂志，创作屡有获奖，可谓成果丰硕。

不管是作为官员，还是作为作家、诗人、文艺评论家和摄影家等，锁印先生都是一个踏实勤奋的人。他专注于工作，谦虚而内敛，不曾考虑将作品整理结集。他退居二线之后，我和一些朋友劝他，把多年的文学积淀和散落在报刊杂志上的精品文章结集出版，他听取了建议，完成了这本凝聚他热情、才华与思考的《细微之暖》。无疑，这对社会、对个人都是一件有益的事情，我以老朋友老同事的身份为之热烈祝贺！

《细微之暖》笔触温暖，优美绵长，真实记录生活点滴，无论是异国他乡的风土人情，对火热青春的缅怀留恋，还是身边人、身边事，都娓娓道来，不雕琢、不煽情，感怀尽在字里行间。对于锁印先生来说，每一次写作都是一次穿越时空的旅行，在熟悉的地方寻找邂逅的美好，在平实细腻的叙述中记下对生活的感动。这份热情与执着值得我们学习与尊敬，我也从他的这份热情与执着中真切体会了什么是"男人至死是少年"。

生活中，总有那么一些细微的瞬间，它们或许平凡，或许简单，但是却能够在最不经意的时刻，触动我们内心深处的柔软。正所谓："细微之处，似乎平淡无奇，却有着独特的魅力。"一茶、一饭、一举、一动，无数个细微片段组成了斑斓人生，人生苦旅，总有看得到的或看不到的细致入微的善，让烟火人间明亮而美好。也正如锁印先生所言："其实，人生真味多在于细微之处"。

且燃微光映苍穹，且以细微暖人心。让我们用心感知，真情付出，让每一份细微之处的温暖，成为生活中最动人的旋律吧！

谨以为序。

2024 年 2 月

曹代颖　｜　政协漯河市委员会原副主席
　　　　　　中共中央党校访问学者

序
二

与锁印结缘是因为他优质的诗文。日前，顶端文学2023年"十佳新锐创作者"评选揭晓，锁印的散文入选。作家靠作品说话，这就是锁印了不起的荣誉。近期，锁印准备把自己多年的大作以《细微之暖》结集出版，可喜可贺，锁印命我作序，我只好恭敬不如从命。

在此，我荣幸地为您推荐锁印的散文佳作。全篇加上最后的附录，应该是九组。这些美文各有特色，又相互呼应，仿佛一幅画卷，展现了作者丰富的人生阅历和深厚的情感世界。

在这个快节奏的时代，人们渴望在文字中寻找慰藉，寻找与心灵共鸣的声音。前八组47篇散文佳作，带领我们踏上一段独特的旅程，领略世间百态，体味人生酸甜。

"念往事"一组六篇美文。以回忆为线索，串起了生活中的点点滴滴。在这些散文中，我们看到了那只承载无尽回忆的旧瓷盘子，感受到了故乡的眼神，仿佛又回到了那熟悉而遥远的故土。这里有温暖的亲情，有真挚的友情，也有那无法忘怀的往事。这些作品，既是作者对过去时光的缅怀，也是对我们内心深处的触动。

"记母校"一组六篇美文，通过作者与信阳林业学校的一系列记叙文章，让我们见证作者的青春足迹。那些青涩的回忆，透露出他对母校的深深怀念，也让我们感受到了那一段段珍贵的青春时光。

"览胜迹"一组八篇妙文。作者以独特的视角，观察异国他乡的风土人情，挖掘隐藏在平凡事物背后的历史文化底蕴。在这些作品中，我们仿佛置身于古老的英伦街道，感受那独特的古典韵味；又仿佛漫步在澳洲广袤的土地上，领略大自然的神奇魅力。这一组散文，既是对美丽景色的赞美，也是对人文情怀的抒发。

"感世情"一组十一篇佳作，都是根据世态有感而发。在这里，作者以独特的视角，观察世界，感悟人生，让我们跟随着他的笔触，思考生活的真谛。

"忆故人"一组四篇美文，讲述作者与友人的点点滴滴，追忆与友人的不解情缘。字里行间，流淌着对友人的思念之情，同时也让我们感受到了友情的伟大和生命的无常。

"叙图文"一组五篇美文，分别是书籍的序言、编前语、卷首语和编后话。行文考究，字字珠玑。这些文章如同指引，引领我们走进书籍的深处，也让我们明白了阅读的意义和价值。

八组散文，如同人生的四季，各有韵味，却又紧密相连。它们展示了作者对过去、现在和未来的深刻思考，也让我们得以一窥他的内心世界。

阅读这些散文，仿佛在聆听一位老友的倾诉，既有深沉的人生感悟，又有温暖的回忆。希望读者能在阅读的过程中，感受到作者的情感，也能找到属于自己的感悟。

阅读这些散文，仿佛走进了一个五彩斑斓的世界，让人在繁忙的生活中找到片刻宁静。在这里，我们可以领略大自然的神奇，感受人间烟火气；在这里，我们可以倾听作者的心声，体味生活的酸甜苦辣。

让我们一同走进锁印的散文世界，去感受那份真挚的情感，去追寻那段难忘的回忆。在这个过程中，也许我们会发现，生活原本的美好，就在我们的身边。

是为序。

2024 年 1 月 31 日于郑州寓所

南豫见 ｜ 著名作家
漯河市作家协会首任（一、二、三届）主席

目录

细
微
之
暖

览胜迹

细微之暖

忆故人

思亲情

细
微
之
暖

叙图文

附 录

念往事

守　望（毛合民　绘）

故乡的眼睛

故乡有一双眼睛，一直深邃地凝视着我，给我以远行的力量，又常常幽远地召唤我，无论我走到哪里总有一种回归的冲动。

那是故乡的一口老井，是简朴而温暖的童年生活的见证。

那口井坐落在村子的中央，离我家只有百十步的距离。几乎全村的人都从这口井里打水为生活所用，洗衣、淘菜、做饭。

20世纪70年代，乡村里都会有这种人工挖掘的水井。它深不过十几米，井壁用青砖砌成圆形，上面布满了青苔，井边是几块磨得光溜溜的青石板。离水井几步开外竖立着一个高高的木桩，木桩顶端用粗绳子横挂着一根又粗又长的木杆，木杆梢头横向水井上方，又用绳子挂了一根笔直的竹竿，竹竿下端连结一个铁钩子，垂直伸向井口。横木末尾往往会绑着一块石头，或是挂上一个树墩子。乡亲们来到井边，把水桶挂在竹竿下端的铁钩子上，拉动竹竿把水桶送到水面处，用力摆动竹竿，水桶就在水面上打一个趔趄，旋即沉入水中。然后，打水人再用力提起竹竿，在横木尾部石头的助力下，一桶水就很轻松地被提出了水井。

这口井是全村人生活的依靠，乡亲们自然就格外看重它。每隔几年，生产队会组织青壮劳力清洗一次，把井底的淤泥淘出来，把井壁也冲刷一遍。清洗前要先用抽水机把井水抽干，但清洗后用不了一个时辰，井底的泉眼冒出的水就又充实到日常的水平线上。小时候，我们都觉得水井很神奇，全村人源源不断地来到水井边，一桶一桶的水从井里拔上来，挑入几十户人家的水缸中，每天不知要提出来多少，而那井里的水却始终保持着足够的深度。遇到阴雨天，井水会更丰富，成年人打水的时候就不再用井杆，而是直接用自家的钩担挂着水桶伸向水面就能够打出一桶水。胆子大的孩子喜欢趴在井边向井下观望。井里的水像一面镜子映出我们惊喜的脸庞。间或有一粒石子掉落，水面上就泛起层层涟漪，幼稚的影子就被细碎的波纹扭曲成了"丑八怪"。井里日常的居民是二三只青蛙，它们在自己的天国里自由地游动，有时候也会爬到井壁中突出的砖块上作壁上观。顽皮的小伙伴偶尔在小河或坑塘里逮几只小鱼虾投放进去，却很难在日后发现它们的踪迹。大人们看到有小孩在井边趴着，一定会大声地呵斥。每每遇到这种情景，小伙伴们只有悻悻离开，不然的话就会传到家长的耳朵里，那就很难逃脱一顿皮肉之苦了。

　　乡村的人对自己村里的水井有天然的信赖，从不会担忧水的品质。夏天天气炎热，从井里拔出的水桶放在井沿上，有人摘下草帽伸着脖子，直接趴在水桶边畅饮。也有挑担或推车的游乡小贩或是走亲戚的路人口渴了，就在井边向打水人讨水喝，打水人会很慷慨地把自己新打上来的水送给需要的人饮用。那畅快淋漓的场景，至今仍在悠长的回味之中。小时候我也常在水井边喝水。夏天里，那水是清凉的，甘甜爽口。到了秋冬季节，井水会变成温热的，刚从井底拔上来时，水桶的表面会浮起一层看似温暖的水烟。

　　挑水是那时候村民们生活的一项基本技能，但也有一些不熟悉的人会在打水时，不小心把水桶掉进井里沉在水底。这时候就要用一根长绳子把自己挑水用的钩担探到水里去，水深四五米，钩担下的铁钩在水底慢慢地摸索，直到挂住了水桶再小心翼翼地捞上来。这个过程就叫作"捞桶"。

童年的我对打水曾充满了好奇。上中学的时候，母亲为了锻炼我，鼓励我去挑过一次水。到了井边，还是在大人的帮助下完成了摆桶和拔杆的过程。挑起水桶来才知道，挑担可不是一件容易的事。扁担压在肩膀上，细嫩的皮肉被压得生疼，肩胛骨承受不了稳定扁担的使命，走起路来七扭八歪，没几步就摔了跤，把前后两桶水全洒了。从此，母亲再也不忍心让我去做这件事了。

经历那次挑水后不久，我离开乡村到城里上学，以后的日子里也只是偶然返乡。村庄每年都有很大变化，先是家家户户的压水井启动了自给自足的生活，进入新世纪之后，村里统一用上了自来水。那口水井渐渐被人们淡忘，好像是完成了自己的使命，不经意间竟兀自干涸了。大建设的浪潮里，派不上用场的水井不知道什么时候又被村民填平了。如今，村庄里盖满了房子，再也找不到那口井的影子，只有思乡和怀旧的人们才会偶尔想起它。

我离开故乡四十个年头了，故乡的许多人和事已经模糊不清，那口水井也早已化为记忆中一缕轻烟。知道它的结局后我不禁戚然，有些怨责故乡的无情。在艰难的日子里，一口老井滋润了几代人的生活，无声无息、恪尽职守，奉献了所有心血和能量。那时候，它几乎是乡村生活的一个中心。可生活有了改善之后，人们很快就把它遗忘了，似乎它从来就没有存在过一样，或者和自己毫无关联，就连我这常常思乡的人，也没有走近它去问候或看望过一次。更遗憾的是人们为了扩展自己的生活领地，又毫无怜悯地生生把它埋葬掉。我没有见过它最后苍老的模样，更不知道它在地下是否发出过叹息和怨恨？也许它真的老了，连一滴哀伤的泪都不曾有过。

　　可就在昨天，我在梦中遇见了它。它依然安安静静地活在那块土地上，依然观照着一百年的日月轮回，依然蕴藏着一千张温暖的笑脸，还发出了咿呀呀的歌唱和哗啦啦的笑声。

念往事

良乡塔

良乡有一座古塔，因为是父亲告诉我的，我便执意要去看一看。

一听要看古塔，在良乡生活了十几年的老潘便一脸困惑。他说好像有这么一座塔，但是他也不知道具体在哪儿。我打电话问了 800 公里外的父亲。父亲说："就在良乡城东北的一个土岗上。"老潘是个实诚又热心的朋友，他立马开上车带我从北京市区直奔良乡。

良乡这个地名在我脑海里早已刻下深深的印记。因为从我刚参加工作的时候起，父母亲就经常提起它，它是父亲离别家乡走出中原的第一个落脚地。

1951 年，抗美援朝战争正如火如荼，战事的发展急需一批军事测绘人员。国内也刚刚从另一场战争的噩梦中苏醒过来，没有现成的人才可用，于是便在各地的青年学生中征召。父亲当时在中原腹地的漯河市初级中学（现第二初级中学）读二年级，有幸成为那一批参干学生的一员。学校同时参干的有四人，只有我父亲被分派到中国人民解放军总参测绘大队（后来称为测绘学校，是解放军测绘学院的前身）。他们一批 800 多名学员在这里集中培训了一年多就毕业了。此时，朝鲜半岛的战争双方已经进入了打打谈谈的阶段，没有开赴前线的必要了。他们中的 100 多人被编入测绘大队，开始了新中国的测绘事业。在其后十余年的风风雨雨里，父亲和他的战友们用脚步丈量了南北中国几乎所有的海疆和山川，在一张白纸上创建了新中国的测绘坐标系统。

1951 年 7 月 14 日，父亲踏入良乡，1952 年 10 月便离开了这里。

良乡如今是一座大学城。沿着高楼林立的街道走，完全看不出父亲曾经讲述过的迹象。在偏远的郊外，我们找到了良乡塔。

良乡塔又名多宝塔、昊天塔，是一座五层空心阁楼式砖塔，外观呈八角形，高三四十米。塔内沿盘旋式步梯可登塔顶，每一层在南北两个面开有穹顶方底的窗口，四面都有瞭望孔。塔下立有一块说明碑，记载着塔始建于隋代，重修于唐，现有建筑为辽代遗存。塔依旧完好，只是周身的砖雕有些斑驳了。

按照始建年代和名称推测，这座塔应该和佛教的传播有关（至今塔院里还有信士们搭建的供奉着菩萨像的棚子）。但在跨越千年的历史过程中，这座塔却屡次被战争的一方占据，作为军情瞭望之所。宋辽征战中是这样，日军侵华时也是这样。

今天的天气实在是好，以至于我的思绪也难以被残酷的古今战事所浸淫。望着碧空下神采奕奕的塔身，呈现在我脑海里的不是炮火硝烟的恐怖，也没有军士的疲惫或惊悚，而是一幅柳烟掩映下的望乡图卷。

良乡是京畿门户，自古就是兵家必守之地。因此，千百年来，这里并不是繁华之处。据父亲说，20 世纪 50 年代初的良乡城阔深都仅有数百米，站在十字路口就能望见城周。城中仅有一个小照相馆、一个杂货铺和两家商业门店。父亲所在部队的营房也不是高宅大院，仅仅是数十所民居而已。在这之前更可想而知会是多么偏僻寒酸了。

良乡塔矗立在一片土岗上，四周有几棵孤独的老树与料峭的春风作伴，毫无生机可言。那么，我来寻访什么呢？这个念头陡然间就冒了出来。

思乡，这是我油然而生的一个答案。但立刻就产生了

良乡塔

纠结，这并不是父亲的家乡，只是他人生旅程的一个客栈；探秘，也不是。老人家不曾讲过这里有什么奇遇或奇迹发生；好奇，更离谱。这里的一切都离我很远很远，用年轻人的话说，没有半毛钱关系。我一时想不出我执意寻访良乡的动机是什么。

还愿，也许就是还愿。

豫中大平原上一个不起眼的小村庄里，千百年来，人们都在复制着先人的生活，很少有人敢生出半点超越的奢望。面朝黄土背朝天，春种秋收，土里刨食，是千篇一律的生存状态。在经历了无数的动荡与劫难之后，掌门家族的大爷爷率先窥破了天机，毅然做主把我父亲送进了家乡的私塾。日本侵略者进犯中原时又不得不中断了数年。新中国成立后，漯河市初级中学恢复招生，父亲考入了这所30里外的正规学堂。正是因为读了几年书，他竟自作主张瞒着家人去投了军，这一举动可吓坏了爷爷奶奶。两位老人诚惶诚恐地坐上火车追到良乡，亲眼见到部队里不仅管吃住，而且还发服装，吃穿住用比在家要好许多，一双悬着的心才踏实下来。这是我爷爷奶奶第一次也是唯一一次坐火车出远门儿。

父亲在测绘学校短短的一年里，发生了质的变化。除了学测绘技术，还第一次接触哲学（艾思奇的《大众哲学》）和"猴变人"的道理。在这座燃烧着激情火焰的大熔炉里，父亲懂得了阶级、革命、社会主义、理想奋斗等新鲜而有活力的名词概念，也为其树立了人生的方向和规则。这是最丰富多彩也最有收获的一年。从此，父亲走上了与他的祖祖辈辈都不同的生活道路。毕业后，在部队当了干部，把青春的热忱献给了祖国的测绘事业。20世纪60年代，转业到许昌地区财税局工作，也当了一个不大不小的官。无论工作和生活，直到晚年，他都遵循着这一年所选择的道路和规则。正因如此，他倔强耿直的性格、健康的生活习惯、坚定的原则性，一直被周围的人所称道。

在朴素平淡的日子里，父亲常常提到良乡，回忆着良乡的点点滴滴，而这点点滴滴只发生在他人生历程中短短的一瞬间。

如今，我来了。来探望父亲曾经学习生活过的良乡。学校、照相馆、杂货铺、十字路口以及当年的营房，早已荡然无存。只有良乡塔还在。我要拍一张照片让年迈的父亲看一看，好让他再展开青春的思绪，在精神的故园里享受美好的回忆。

记于 2017 年初春

附：《良乡情》

良乡情

良乡是我永远铭记的地方。那是我走出家门参加革命起步的地方，也是我成为中国人民解放军一名战士的地方。

那个年代新中国刚刚建立，百废待兴，国家建设需要人才，国防需要加强和保卫。在轰轰烈烈的抗美援朝运动中，中国人民解放军干部学校在我校招生，当时的漯河市初级中学，那时我在该校读初中二年级，为了响应党的号召，连家里父母都没有告知的情况下，就投笔从戎报了名，通过身体检查我被军校录取了。1951 年 7 月 14 日就上了火车（闷子车），我也是第一次坐火车，一路不停地把我们拉到了河北省良乡县，住进了群众家里。在那里我们待了一年多，生活很艰苦，住的是大炕，吃的一日三餐都是小米饭，菜是土豆丝。学习培训很紧张，开始我们不习惯，后来慢慢也就适应了。

在良乡测绘大队（也叫测绘学校）短短的一年里，通过严格的、正规的军事训练，政治学习和思想教育，都是有步骤、有计划进行的。

在军事训练当中，通过单个教练、立正稍息、齐步走、正步走和拔慢步，一个班、一个排、一个中队训练，在炎热的夏天，训练非常艰苦，但大家都非常认真、严肃。每个动作操练，从不马虎，还学习了解放军的队列条例、三大纪律八项注意和团结紧张严肃活泼等光荣传统，通过学习奠定了做一个合格军人的基础。

在政治学习上，通过上大课，教员讲历史唯物主义和社会发展史。先讲"猴变人"，社会发展的五个阶段：原始共产主义社会、奴隶社会、封建社会、资本主义社会、共产主义社会等，同学们都认真记、认真听，都感到很新鲜。每个班都进行了讨论，使我认识到劳动是光荣的，劳动创造了人类，劳动创造了世界，劳动推动了社会的发展。不是神仙皇帝赐给的，也不是地主资本家给的，而是劳动人民自己创造出来的。我们还学习了二万五千里长征、八年抗日战争（编者注：现在称 14 年抗战）和三年解放战争史，这些胜利都是中国共产党领导下全国人民团结奋斗的结果，使我认识到只有共产党才能救中国，使我初步树立了无产阶级的世界观。

在思想教育方面，通过"三反"运动的教育和毛主席的勤俭建国、艰苦奋斗的号召学习，我们还学习了刘少奇的《论共产党员的修养》。大家坐在一起讨论，你帮我，我帮你，思想无拘无束，通过学习提高了阶级觉悟，提高了思想认识，使我认识到一个人活着不能光为个人而活着，要为人民、为全人类的解放而奋斗，初步树立了革命的人生观。

通过在良乡一年多的学习和讨论，无论是文化素质、身体素质、思想修养还是阶级觉悟都得到了锻炼和提高，懂得了那个时代青年人所肩负的责任和义务。学习结业时，上级领导对学习成绩和经验进行了检查和检阅，举行了入伍宣誓，我们才成为一名合格的中国人民解放军战士。

回想起来在良乡，我感受最深刻的是，通过学习把一名不成熟的、思想单纯的、农民意识较重的农民家的孩子，培养成为一个有思想、有纪律、有觉悟、党叫干啥就干啥，从不计较个人得失名利地位，对工作从不挑肥拣瘦的新中国的建设者。

这个历史，我永远不会忘记，是激励我一生勇往直前的动力，做好工作的保证，在革命的征程中不迷失方向，不犯错误。我将永远珍惜它。

（家严）

胡辣汤情缘

河　缘

　　胡辣汤是中原人的最爱，准确地说，是沙河流域的美食。沙河是古汝水的遗存，源起尧山，东至周口与颍河交汇。300多公里长的沙河出了尧山，两岸尽是一望无际的大平原。沃野之上，春麦秋谷、物阜民丰，也催生了沿河航运业。沙河曾经是中原地区一条重要的内河航道，素有"拉不完的赊旗店，填不满的北舞渡"之民间传说。

　　北舞渡古称定陵，是沙河中游一个重要的航运码头。北自山陕，南及湖广，有客商云集至此进行货物贸易。正

念往事

是由于航运人员常年生活在水上，为了排除体内的湿气，码头上的厨师们才发明了胡辣汤。做胡辣汤的原料多达二三十种，兼顾了东西南北各地的特产，也就关照了四方客商的口味。因此，胡辣汤自古以来就是镇上的特色美食。只是随着厨师们经年累月的摸索，吸收各色食客的要求，逐步形成了各家店堂的品牌口感。今天公众比较认可的北舞渡胡辣汤当属闪记和丁记两大品牌，之外还有马家、宛家等店铺。

沿着沙河下行百里许，有一个逍遥镇，同样因胡辣汤而声名大噪。逍遥镇处于西华县与临颍、召陵邻接之地，也是沙河上一个重要的水旱码头。抗日战争初期，为阻止日军西进，蒋介石炸了黄河的花园口，这里成了一片汪洋。黄泛区的百姓们四处逃难，把做胡辣汤的技艺也带到了郑州乃至西安。据说，西安到潼关一带至今还保留着胡辣汤这种吃食。

北舞渡和逍遥镇都是依托沙河航运存活下来的。胡辣汤也是依托沙河航运存活下来且渐成地标性食物的。两地的胡辣汤有共同的名称，必然有极大的相似之处。其一，都以经营牛羊肉的回民为研发传承主体；其二，用料都离不了沙河沿岸盛产的小麦粉和粉条；其三，烹饪的过程大致无二。两地的胡辣汤都号称肉多汤鲜，但细品之不难发现又各具风格。北舞渡的汤味浓郁，以胡椒的香辣为特色；

逍遥镇的汤味鲜爽，以辣椒的爽辣为主打。常言说，货出地道。舞阳人以北舞渡的汤色为荣，西华人以逍遥镇的汤味为傲，虽传承百年亦不改初衷，已经养成了当地民众独具个性的饮食习惯。

漯河市区居于两镇之间，明清以来，也曾经水运发达。特别是京汉铁路通车后，河航加陆路，漯河成为交通优势明显的中原枢纽之地。资料显示，20 世纪 50 年代初，郾漯域内还有航运船只上百艘，水上人家数千口。以至于漯河城市初建，就修建了铁路、运工、海员三大俱乐部。三大俱乐部是源汇寨或漯河镇跃升为一座城市的第一印记。之后，现代工业进入，漯河才逐步萌生出现代城市的气息。明清时期，郾漯已有"江南百货萃，此地星辰罗"的美誉，民国时期，漯河又号称"小上海"。以人口聚集和贸易规模而言，漯河理当是沙河流域的中心城市。但漯河没有创造出自己的胡辣汤品牌，它以包容两地胡辣汤特色而显扬了胡辣汤之名。漯河人可以选择去北舞渡或逍遥镇喝原味胡辣汤，也可以足不出市品尝到两地正宗胡辣汤的风味。而外地人不解其道，不管喝了哪一家的汤都概称为漯河胡辣汤。渐渐地，胡辣汤也就成了漯河这个全国首家食品名城的招牌，诱惑着五湖四海的游客们的味蕾。

念往事

记　忆

　　我是土生土长的豫中人，从小就听过胡辣汤的美名。20 世纪 70 年代，沙河两岸农村更会颇多。农具和农产品交易是更会的主要内容，但赶会带给百姓的幸福和满足并不是谁家卖了猪羊或买了牛马，而是谁在更会上吃了一顿包子油馍胡辣汤。多数是老庄稼把式才有这个资格。辛苦劳作一年，逢了春会或是麦会，在大庭广众面前，大大咧咧地坐下来大快朵颐一餐，是庄稼人自我安慰的一种福利，也是对生活充满自信的一种昭示。小孩子们哭着闹着要跟大人去赶集赶会，一半儿是为了到人多的地方看热闹，一半儿是碰碰运气，兴许大人一时冲动坐在了胡辣汤锅边上，小孩子们就多了一顿口福。就像在遥远的欧洲，吃面包要喝牛奶一样，中原人把水煎包和胡辣汤当成了绝配。如果家里还有老人，庄稼汉们自己吃喝品尝之后，一定会多买上几个水煎包，用土黄的草纸包上，用纸绳捆扎好，拎在背后优哉游哉地走在乡间的路上。那时候还不流行饭盒，没有办法把胡辣汤带回家，几个水煎包就是衡量一个庄稼人是否朴实厚道，是否孝敬老人的秤砣。

传　承

　　真正破解胡辣汤的秘密是进入新世纪以后。2007年7月，中央电视台文艺频道策划了一场"魅力漯河"大型文艺晚会。主创人员为了体现食品名城的特色，也为了增加节目的趣味性，建议推荐一道地方名吃融入节目中。此念头一出，大家不约而同地想到了胡辣汤。作为晚会的现场总指挥，寻找胡辣汤老店的责任自然落到我身上。我和舞阳县文化局的同志联系，他们推荐了闪记胡辣汤总店。节目制作后，在中央电视台播出，有大牌明星现场助兴，胡辣汤这个沙河流域最原生态的小吃一下子声名远播，成了中国食品名城的民间代言，在漯河人心目中也多了一份美好而温暖的记忆。

　　闪保民是闪记胡辣汤的第四代传承人。他有一张典型的穆斯林兄弟的面孔，诚实中带着精明。有一次，我路过北舞渡特意进店里去找过他。在店后院，家里人指着院东南角一处玉米秸秆扎起的棚子说：在那里炒汤料哩。老闪不善言辞，我过去攀谈几句，见他正忙碌着不便多扰，旋即告辞了。寥寥数语，也证实了之前他对闪记胡辣汤的介绍。闪记胡辣汤也是在总结前人经验中逐渐形成了自己的风味，烹制方法与其他店家基本一致，但老太爷闪长泰在研制过程中探索出了独特的配方，目的在于保证品质与风味。老闪从小就看过爷爷闪二群、父亲闪运亭做胡辣汤，熟悉自家胡辣汤的制作程序和要领。他恪守祖宗传下来的秘方，踏踏实实地把做好汤作为本分。每天清晨四五点就要起床，领着家人和员工洗面筋，这是做汤的基础工序。选购牛羊肉也有严格的标准，不容投机取巧、以次充好或偷工减料。最重要的是 20 多种中药材如何炒制、如何配比、如何投放，都有祖上的规矩。其诀窍有些是言传的，有些是上辈人手把手教会的，是一个家族世世代代的感知与会意。即便如此，老太爷还定下了传男不传女的家规。2015 年，著名的传记文学作家裴高才先生来漯采风，我向他介绍了闪记胡辣汤的历史渊源，裴先生饶有兴致地考察了胡辣汤的制作方法，并把这些细节写入了他撰写的一部名人传记里。只是主人公颇有影响，这部书还在审定和修改之中。待书正式出版，我想带去一本，也许能讨一碗老闪亲自掌勺的胡辣汤。

乡 愁

胡辣汤出自沙河流域，凝结着这一方水土的真味。我女儿出生在城市里，也在城市里长大，小时候并不喜欢喝胡辣汤。所以我产生过一个错觉，认为只有在乡村里生活过的人才懂得乡愁。后来她上了大学，留在上海这个大都市里，成了家并有了自己的下一代。记不清是哪一年了，女儿女婿回漯河过春节，提出要喝一次胡辣汤。我当然想让他们喝最纯正的漯河风味，便开车带着他们走了一趟北舞渡。在闪记总店那个并不太讲究的环境里，我们一家人要了胡辣汤和水煎包、油馍头，好像还有葱油饼，摆放了一桌子。仅此一趟，女儿女婿就成了胡辣汤的追捧者。自此，只要他们回漯河，喝胡辣汤是必备项目。这个变化使我产生了疑惑，莫非相对于大上海来说，我们真的都成了乡下人？更想不到的是，女婿是典型的上海人，祖祖辈辈生活在黄浦江两岸，和中原没有什么瓜葛，他却一样成了胡辣汤的拥趸，每喝必酣畅淋漓、大呼过瘾。看来，乡愁是一种普遍的人生体验，在共同的生活中是可以相互传递和感染的。

念往事

　　说到乡愁就很容易联想起伤心的事。我的父亲是2017年8月立秋之后辞别这个世界的。在最后的两个月里，他几乎是在医院里度过的。因为知道父亲病入膏肓，已是回天乏术了，作为儿女也想在人生的最后阶段尽可能地满足他的愿望。但是他提出想吃的只有两种食物：饺子和胡辣汤。第一次，考虑到胡辣汤味辛性热，况值暑期，肿瘤病人不宜食用，我们遵照医嘱没有去买，谎称没有买到。我觉得那时候父亲是很清醒的，不仅洞察了谎言，对自己的身体状况也更加明了。他只是叹了一口气，便不再强求。8

月 15 日，父亲的身体已经非常虚弱了，在昏迷中醒来，他又提出来想喝胡辣汤。我赶紧打电话告诉弟弟，让他来医院时务必买来。弟弟很快用饭盒带来了温热的胡辣汤。父亲躺在病床上，勉强打起精神喝了几勺汤便不再喝了，不久又陷入了昏迷。胡辣汤竟然成了父亲临终前最后品尝的美味。我想，胡辣汤也许就是沙河流域的生民们最终的安慰和满足吧！

回　声

　　　　沙河水，长又长，驾起小船走四方。
　　　　大椿树下吼一声，包子油馍胡辣汤。

　　　　叫声爹，喊声娘，儿子想喝胡辣汤。
　　　　将来长大有本事，天天孝敬爹和娘。

　　　　面筋软，羊肉香，大茴肉桂都入汤。
　　　　趁热一碗穿肠过，浑身上下暖洋洋。

　　　　先温饱，再小康，对着沙河尽情唱。
　　　　问我为啥恁得劲儿？包子油馍胡辣汤！

一只旧瓷盘子

说是旧瓷盘，其实并不旧，只是和我的年龄一样大。但我有恋旧情结，对一些记忆中的物件总不愿意舍弃，如看过的书，用过的景点门票，甚至乘坐过的班机登机牌。这种习性日渐增长，正反映出谨小慎微的性格。常言道，江山易改，本性难移。这个习性在我这个已经是定局的年龄怕是不好改变了。

我寻思这个盘子，已经有一段时间了，前天在我父母家找着了。这就是一只普通的景德镇产的蓝花龙纹细瓷盘子，但它在我记忆中已经活跃了 30 多年了。

1979 年那年，我得过一次急性黄疸性肝炎。病是在老家发现的，诊断和治疗都在许昌地区机关直属门诊进行。因为那时我父亲在许昌工作，我们都相信城里的医疗水平一定比乡村赤脚医生要高明得多。在许昌治病期间，我几乎天天都见父亲用这只盘子吃饭。后来父亲又托人说情把我和哥哥转入许昌市第十中学上学，我几乎也天天用它来吃饭了。这是一只口径十二三厘米的小盘子，只能装一点儿芥菜丝儿、豆腐乳、豆瓣酱或腌韭花一类的小菜。正因为只能装小菜才天天用它。那时候，父亲在城里上班，母亲在农村务农，是在当时被叫作"一头沉"家庭。虽然父亲每月有几十块的工资，但因为家里缺劳力，我们姊妹四个年龄又相差不多，所以日子也是比较拮据的。我父亲有姊妹五人，因为贫穷，我爷爷奶奶只供了他一个儿子上学。父亲小时候先是在乡下读书，1950年又考入漯河二中读中学。1951年抗美援朝战争爆发，部队从学校招学员，他参军入伍上了良乡测绘学校。后来父亲并没有像祖辈们担心的那样奔赴战场，而是在国内参加了许多高山大川的测绘工作。父亲的经历使他养成了吃苦耐劳、勤俭朴素的品质。

在许昌上学的三年里，我们父子仨住在一间公寓里，我们兄弟俩共用一张书桌写作业。夏天的晚上，我们写作业的时候，父亲经常和几个同事在窗外屋檐下的水泥桌上打扑克。那张水泥桌也是我们一家三口的餐桌。住房对面有一间约十平方米的厨房，里面除摆放炊具外，近一半的地方还码放着一堆蜂窝煤。那时候，蜂窝煤可是家家都离不了的，不仅凭证供应，而且要自己动手到煤场去拉。拉煤的活儿是体力活儿自不必说，亲自去的主要目的是选煤，因为煤有干有湿，有优有劣，但到冬季供应紧张时，就顾不了这些了，只好从打煤的机器上去抢煤了。就是在这样的日子里，我和兄长在父亲的呵护下完成了三年的初中阶段的学业。

三年间，这只普普通通的盘子和我们终日相伴，我并没有多么在意它。倒是近年来，衣食丰足的生活常让我想起以往。但时光像一把绝情的镰刀，把三十年前的岁月割除得支离破碎，旧时的物件早已荡然无存，那一张老书桌、那一张旧木床、那一间小厨房、那一方水泥桌，哪里还能见到识得，只有脑海里的影子常常使人鼻腔里发酸。有几次，我在陪家人逛街的时候，偶然间见到过那种蓝花龙纹细瓷盘子，陡然间它让我觉着熟悉而亲近。我曾想买一只，可拿在手里才知道它似乎是陌生的，离我的记忆很遥远。

最近的日子很闲淡，品茶读书之余，也去爬爬野山，钓钓河鱼。前日，去父母家里陪母亲聊天，无意中谈到往日的生活，也谈到了那只盘子。母亲意外地告诉我，1987年从许昌搬家时带过来一只那样的盘子，然后她就在厨房中翻了一番，竟找出了这只盘子。我接过来仔细端详，十字形的方框蓝纹镶边，底沿又有一圈工字形蓝纹做铺衬，底部是一条腾云驾雾的四爪祥龙。在盘子的边沿中间排列着一组椭圆的小凹陷，对着太阳一照，这凹陷竟是透亮的。盘子的背面没有什么特别之处，除了两道蓝线镶边，就只是在标示产地"中国景德镇"的下方，还标注了几个英文字母"**MADE IN CHINA**"。等父亲从外面回来，我又问了这盘子的来历。他告诉我，这只盘子是 1964 年在许昌七一路南大街口的杂货店里买来的，当时买了四只，使用了四十多年，只存下这一只。

听完父亲的介绍，我有一点儿失望：曾经留给我深深记忆的这只蓝花龙纹细瓷盘子真的很普通。

但即使是这样，我也要把它好好地珍藏起来。

记于 2010 年 6 月 2 日

细微之暖

细微之暖

世上的事物无论大小，除了突显的板块架构外，是由许多细节组成的，只是细节太琐碎杂芜，容易被忽视。就像高楼大厦的砖头和砂石，没有哪一块会被赋予特殊的意义。

人生也是一样，绝不是几行诗一般的简历、几个标签似的头衔就能概括得了的。有时恰恰是一句话、一个眼神或一个微小的动作能触动心灵。

在我的记忆里，母亲是刚强的。年轻时聪明而美丽，也曾有过一些风光，在河北任丘县团委参加了工作，后来被选派到省商业学校参加统计专业培训，被留在省食品公司做统计工作，也曾被挑选到北京农业展览馆当过讲解员。和我父亲相识是因为一把锁的缘故，所以我兄弟三人名字中都有一个锁字。结婚后，母亲便成了随军家属，20世纪60年代初，母亲慷慨又充满热情地从石家庄回到父亲的故乡——豫中平原上一个村庄里，从不接触农事的她成了生产队里一名女社员。

1963年秋，大哥出生，翌年腊月，又生下我，母亲便成了地地道道的家庭妇女。

之后，父亲转业到离家百余里的许昌市工作，家里的生产、生活只能由母亲独自担当起来。几年后又添了妹妹和弟弟，别的不说，光是吃饭穿衣这日常家务就是一个人难以支撑的。那并不是丰衣足食的年代，一切都要靠自己的双手，日子的艰难可想而知。

那年月，白面是极奢侈的食物，红薯和玉米维持了几代人的生活。刚记事时，印象最深的就是母亲带着哥哥和我一起下地劳动，搂麦子、剥玉米、溜红薯，还有在深秋的寒风中摊晒红薯片儿。

母亲读过中学，是识文断字的，当过十几年民办老师，在村小学教语文，是邻近小学里为数不多识汉语拼音的。许多年以后，那些走出乡村和留在田野的年轻一代都还记得那个讲一口冀东普通话的侯老师。

民办老师不需要干农活，但只能挣中等劳力的工分。

年终决算时，我家总是吃照顾。所谓照顾，就是挣的工分达不到分配基准线，按政策只能拿钱买到基本的分配水平。这是计划经济时代保证"人人有饭吃"的分配机制。因为粮食总量紧缺，劳力多的农户都认为劳力少的家庭沾了光，他们的目光里常常流露着鄙视、不满甚至愤恨。

就是在这样的环境中，母亲带领四个儿女辛苦度日，不仅要付出比常人多的操劳，还要承受那如寒冰霜雪的白眼，赛芒刺刀割的嘲讽。

然而，母亲是容不得儿女受委屈的。我们走出家门，身上总是穿着比别家孩子干净整齐又暖和的衣服，在小伙伴中招来一片羡慕。母亲自己也常打扮得绰约得体，不同于一般的农村妇女。

上学后，母亲对我们的要求是异常严厉的。无论谁，考试成绩好，她自然喜笑颜开，还会煮个鸡蛋给予奖赏；考试成绩差，会惹得她气恼伤心。我是比较贪玩的，学习成绩忽上忽下、冷热不均，曾不止一次因此而挨揍。她打孩子下手狠是出了名的，有几次我挨打都是插上院子大门用蘸了水的绳子猛抽，以致街坊邻居只要听到她打孩子一定会翻墙入院来解救我们。

在自然界，寒暑交替相催，万物生长，才有了春华秋实。在这个"一头沉"的农家里，母亲的慈爱和严酷也造就了儿女们诚实朴素、向良向善的性格和追求。

近些年，回忆过往的时光，常唤醒深埋于心底的童趣和乡愁，却很少编织或勾绘出母亲年轻时的影像。也许是记忆中的母亲一向机敏、凌厉、刚强，不需要有人关心、帮护、同情。

只是今年，父亲在立秋之后溘然辞世，才猛地发现，母亲是那么瘦小、羸弱、柔软。近两年，她已经六次不得不送进医院诊疗，特别是小脑萎缩和重症肌无力的出现，在我心头敲响了警钟，原来我们的母亲已是残烛暮年、弱不禁风了。

近些日子，母亲一直住在我家。每天早上我用轮椅推她到医院输液。上午，大哥在病房陪护，中午接回家，由我妻子照看。恰好女儿带着小外孙从上海回来度假，正是四代同堂其乐融融。妹妹在单位不忙时，也会抽空赶过来陪伴。生活充裕而实在，母亲日见体力增强，脸上时常挂着笑容。

意想不到的是，昨天午饭后，母亲突然要我打电话给三弟，非让他回来一趟。弟弟刚刚被派往舞阳一个乡镇去驻村，进入角色阶段工作任务较多，已经有一阵子顾不上家了，昨天回来一趟匆匆见过一面。我告诉她：老三有事情暂时来不了。她竟急得涕泗并流，哭诉说她好长时间没有见老三了，今天见着也没有说上几句话。他驻的村子那么偏远落后，一定吃了不少苦头，回来却连一顿安稳饭也顾不上吃。我和妻子好生劝慰，才勉强答应卧床休息一会儿。却见她躺下身去仍不停抽泣，反倒像找不到娘亲的孩子一样。直到三弟下午来家和她见面说了话，才褪去戚容恢复平静。

今天，母亲又告诉我，等输完这最后两天的药液，她就要回她自己的家了。因为在吉林读书的小孙子该放假回来了，她要回去给孙子收拾房间，陪孙子过一个寒假。

我一直以为我是了解母亲的。父亲去世后，怕母亲孤独，兄妹们都悉心照顾，稍有身体不适，及时送医就诊，她的病也是老年人常见的，并无大碍。饮食也力求经常调节保持营养。我们总认为她应该是无牵无挂、心情舒畅的，也都为尽了孝道而心安理得，很少关注她的内心世界。然而，耄耋而孱弱的母亲心中并非清寂无愿，和年轻时一样，仍时刻牵挂着她的儿孙们。

我们过了知天命之年，似乎看透了人生，加上现代技术的便利，生活、工作算得上从容不迫的。因而对所有事情都不愿再下功夫去咀嚼、琢磨，养成了安于粗放却忽略细节的习惯，情感停留在钝化而模糊的浅层，思想和行动也变得慵懒，心头还时常泛着一股快意。

今天，我突然觉得，关注和品味一下琐碎的生活细微或许正是人到中年应修的功课。

2017 年 12 月 26 日

冬夜的十字街头

农历小年子夜时分，蓦然醒来，室内悄无声息，难得的静谧。因为等母亲醒时喂药，便不再入睡。枕边的窗玻璃上依旧映着街灯的光亮，只是少了窗外的人语和车轮声，想必是人们都早早归家团聚了。

窗外即是沟张市场对面，路边常常有几个小摊贩，却只有一个是固定的。那是一个卖水果的中年男子，几乎每天都守在小路的入口处。他有一辆三轮车，装满各种果品，没有顾客时习惯坐在一个竹椅上打盹。其实打盹只是片刻的事情，一旦有从沟张市场买菜归返的人路过，他就会眯着眼睛觑睨一会儿，生怕错过了一个机会。经常从此路过的人偶尔和他打一声招呼，他便用他特有的热情回应着，并借机推销自己新进的果品。

　　每天晚上，他很晚才收摊。前天晚9点时分，我路过那里，空寂的街口只有寒风中的灯光散出些许暖意。他守着两个摊位，一个是水果，一个是甘蔗。甘蔗堆放在一辆架子车上，这样的架子车已经很久没有见到过了，旁边还摆放着一个榨甘蔗汁的机器。他孤零零的身影在我心头飘过一丝凄凉，这为生计而坚守在冬夜里的人一定有他的无奈和苦涩，如果不是夜里路过我也不会有此感触。怜悯之心驱使我走上前和他轻声打了招呼。甘蔗汁每杯5元，比水果店里便宜一半还多，我要了一杯。他拿了两段削好的甘蔗送入榨汁机，汁液纤弱地落进一只塑料口杯里。他看杯里不满，又拿起一段甘蔗向榨汁机里填送。我轻松地说："不要了，够喝了。"他便立刻停下来，用感激的眼神看着我。我接过大半杯甘蔗汁向小区门口走，路上用吸管喝了一口，很凉。我坚持着慢慢地把它喝完，因为我知道这一杯甘蔗汁对于一个生活窘迫的人来说，可能就相当于一顿饱餐，我不忍亵渎它的价值。

　　今夜是小年，千家万户都得以享受团圆的温暖。但我又想起了那杯甘蔗汁，它盛着冬夜里一个十字街口的凉，可以让酒醉的人清醒，也可以让疯狂的人冷却。愿我等衣食无忧且自标榜仁爱者，能常常想起那些在十字街口与寒风为伴的人们。

2019 年 1 月 28 日夜

记母校

放　排（毛合民　绘）

难解之缘
——我与信阳林校·之一

　　省档案局联合大河网面向社会开展了一个"老照片里的河南"活动。我每天都在关注着这项活动，因为参赛作品中有一帧信阳林业学校八一一班同学的毕业合影照。

　　说实话，这张照片上没有我，但我是这个学校毕业的。

　　37年前，我已在许昌市七中上了一周高中课程，初中的班主任邢启明老师派人通知我，省教育厅要在信阳林业学校和汝南园林学校试办小中专班，给许昌市（原）下了一个招生名额。市教育局从当年统一中招的学生中按成绩排名顺序征求意见，前几名都放弃了。第七名的同学和我都是来自农村的孩子，为了早日吃上商品粮，也为父母减轻负担，我们填报了招生志愿。经过体检，我被录取到信阳林业学校。

那一年起，我们从全省各地怀揣热望来到贤山脚下浉水之滨，在这里度过了四个春秋，洒下了汗水和泪水，收获了理想和知识。这里的青山绿水让我们开阔了眼界，建设中的校园为我们创造了火热生活的乐趣，如父如母的老师们给了我们无微不至的呵护，同学们亲如兄弟姐妹的相处为我们增添了终身受益的记忆。

刚入学时，我们都是懵懂无知的少年，大多数同学来自农村家庭。学校正处在建设初期，设施不全，荒凉杂芜。教室是简陋的平房，寝室是 20 多人合住的大房子，连吃饭的食堂也是临时搭建的简易棚子。从尚未完工的围墙豁口走出去就是农家的稻田和池塘。有两个来自城市家庭的同学看到这些立马就泄了气，退学回去继续读高中了。

留下的 78 名同学见证了母校初兴的那个阶段。短短的几年时间里，教学楼、试验楼、宿舍楼和图书馆依次拔地而起，大礼堂也取代了露天饭场。日新月异的变化改善了我们的生活环境和学习条件。但我们记忆深处更不能忘怀的是老师们所给予的慈爱与呵护以及同学间纯真的友谊。

我清楚地记着，刚刚离开父母独自到异乡求学，许多同学会想家。老师们都把我们这一群十四五岁的小中专生当成了自己的孩子，从生活、学习、思想上给予细致周到的关怀和帮助。每天早上起床出操，是班主任老师敲开每一个宿舍把贪睡的同学们叫醒。有一次，年过半百的方之江老师上英语课，有同学调皮，故意装作听不懂，方老师就不厌其烦地反复讲解。后来我才知道，方老师上大学时学过俄语，没有学过英语，是因为当时缺英语老师她才自告奋勇，突击学习了英语后为我们授课的。后来有一个学期，教政治经济学的谢阳之老师调走了，方老师又主动承担起讲授政治经济学的任务。30多年过去了，老师们的音容笑貌仍时常浮现在同学们的脑海。

我也清楚地记着，学校离市区较远，文化活动贫乏，我们就利用周末在大礼堂里自己办晚会，唱歌、跳舞、说相声、吹笛子，还表演哑剧、魔术、三句半，节目虽然稚气，但大家兴致勃勃，充满了乐趣。淮南地区多雨潮湿，同学们利用周末轮流拆洗被褥，在家的女同学都会主动帮忙缝起来。只要是有同学生病了，就一定会有人为他（她）打开水、买饭菜，有同学家庭比较困难，便时常有人悄悄地在他宿舍的枕头下放几张餐票。学校还经常组织集体劳动，我们的大操场就是前几届同学用铁镐劈山，用抬筐运石，一镐一镐劈开，一筐一筐运送垫起来的。那操场便成了我们施展体育技艺，释放青春意气的宝地。

当年选择上小中专，多数同学是无奈和盲目的，并没有为绿化河山奉献青春的鸿鹄之志。但是，这偶然的四年却是我们走向成熟的关键时期。林校培养了我们专业知识，更培养了我们对待人生和社会的理性，同时我们也收获了真挚美好的友爱。记得有一个同学的父亲去林校看望儿子时给我们说过一句话："一辈儿同学三辈儿亲！"这句话至今仍在同学们之间流传。33年弹指一挥间，林校已经并入信阳农林学院不复独存了，同年毕业的同学也有几个已经驾鹤西游了。但只要提到我们的母校，同学们依然会心存感念，甚至热泪盈眶地历数往昔。岁月消磨了我们的青涩和鲁莽，却滋养了我们的感恩与善良。已经鬓边飞雪的同学们时时都在怀念着我们的校园、老师、同学，甚至一草一木。正因如此，八一一班张美霞同学将这张毕业合影参加了晒老照片的活动，才可谓一石激起千重浪，71颗心唤醒了沉寂已久的青春活力，在共同努力找回少年的梦想、热情、友谊和力量。

参加这个活动，得什么名次都是微不足道的，重要的是唤起同学们对校园生活的回忆，让美好的记忆点燃我们生活的热情。那些参与其中的朋友和家人也会加深对我们成长历程的了解，同时加深对那个时代的了解，因为林校的变迁也是改革开放历程的一个缩影。让我们珍惜过往、记住来路、不忘初心、共同前行！

也感谢朋友们的关心与支持，我相信追忆青春所产生的共鸣将永远是世界上最美丽动听的和声！

细微之暖

那方山水

—我与信阳林校·之二

第一次去信阳，其实是有一个故事的。1985 年 8 月，我收到信阳林校的录取通知书后，在办理户粮关系的时候，疏忽大意将通知书和办好的户粮手续一起丢失了。为了补办手续，我独自南下闯了一趟信阳州。

那是我第一次出远门，那座城市是有很大的神秘感的。我一直觉着那是个遥远而美妙的地方。

绿皮火车到达信阳站是凌晨 4 点左右，由于仓促出来，买火车票时才发现带钱不够。我一路跟随着 2 路公交车的踪迹跑步到了南湾。纵然一路曲折窘迫，心里却充满了温馨的期待。那是一个像中平原长大的孩子第一次看到青山，却也无暇关注和欣赏了。

去林校报到已经是开学以后了。在南湾下车后，我背负着简单的行李（一个绣有为人民服务字样的黄书包和装着被褥的包袱）向林校走去。过了浉河桥正对着的是信阳地委党校，向右转是一条平坦的大路。大路两旁栽植了整齐挺拔的水杉，左侧即是南湾国营林场的场部，右侧是浉河河滩，生长着郁郁葱葱的竹林。在这条路上，我遇到了李军印，经攀谈得知我们是同一个寝室的。

初入校，多多少少还是有一些失望的。想象中的林荫大道刚栽了树苗，成排的高楼大厦被现实的四排红砖平房所取代，浪漫的图书馆教学楼子虚乌有，唯一的高大建筑是一座两层的红砖小楼。我最初就在红砖小楼二楼最西头的那间房子里住了半个月左右，同寝室的同学还有杨成刚、张可艮、高秋林、赵银超等8人。后来，学校调整寝室，男生们都转移到第一排平房东头的大寝室里，这里就成了数量不多的女生们神圣的领地了。两个年级的女生都聚集在二楼西侧，东侧是几个教师宿舍。一楼是学校的办公用房，教务科、总务科、学生科都在这里，它们担负着全校的管理事务。医务室后来也搬到了一楼东头的那个房间里。

学校食堂是师生共用的，位于中轴大道的西侧，靠北也有一排红房子，门前露天广场就是师生们蹲着吃饭的饭场。刚入学时还因为饭菜的原因发生过一点儿波折。

我们八一级是母校恢复办学的第三届，也是全省试点招小中专（初中毕业上中专）第一届。据说，"文革"前，林校是信阳农学院的一部分，后来农学院下放到息县后也停办了。1977年后，相继恢复为豫南农专和信阳林校。林校是从息县搬迁到信阳市的。

现在看，林校的大环境应该是绝佳的。正处于浉河从水库出来向东流转的臂弯里，眼前是风景秀丽的贤山，从学校未完工的南围墙豁口出去，山行六七里，即是烟波如画的南湾水库。除党校之外，还有南湾林场、水库管理局、地震台、林科所、水文站等单位坐落在周边。每逢周末，南湾逛街、贤山信步、大坝观景是我们的首选。由于得天独厚的地理资源，就连信阳师范学院、豫南农专甚至陆军学院的同学也会利用星期天来林校攀老乡。

四年间，林校兴建的教学楼、寝室楼、实验楼、图书楼相继竣工，办学条件有了极大的改善。其中利用率最高的是大礼堂。它是和餐厅连在一起的，师生们再也不用在风雨中就餐了。除了全校师生开会，阴雨天气我们的体育课和课外活动都在这里进行，打羽毛球成了一时风尚，其中李刚老师和彭爱民老师的表演赛令人印象深刻。同学们还经常在这里举办周末晚会。王长松演唱的《怀念敬爱的周总理》、崔明笛子独奏的《牧羊曲》、马桂荣演唱的《知音》等等，都曾经从这里飘向南湾的夜空，飘过豫南的山水，飘向远方的故乡，至今还飘荡在我们的青春里。

就是这样的一方山水，承载我们的向往、浇灌我们的梦想、包容我们的幼稚、种下我们的记忆、培育我们的深情。毕业后，曾经有同学因思念它而冲动，因思念它而悲伤，因思念它而深深地向往。我们每次回母校，都会收获几分喜悦，增添几分自信。心底里会发出一个声音："我们来自信阳林校，我们以它为自豪，也为它争取荣光！"

斗转星移、物是人非。林校经历了 30 多年的茁壮生长，已经完成了它青春的使命。前些年与豫南农专合并融入了信阳农林学院。林校旧址被置换成为新的建设用地，相信不久这片土地上将矗立一座新城，以新的姿态展现它的温暖和美丽。但是，我们心中的温暖和美丽是永远不会被置换的。

师生情深

——我与信阳林校·之三

提起在信阳林校读书时的老师，总免不了触动情愫。因为，我们入校时都是十四五岁的农村孩子，老师几乎是完全一致地给予了我们如父如母般的关心和爱护。

入学后第一天早操就是班主任梁继海老师把我们从睡梦中叫醒的。我至今都能记得他当时的语气和表情，那是和蔼如春风的信阳口音，叫着每一个名字，就像兄长叫自己的同胞兄弟一样。梁老师是八一二班第一任班主任，以后还有刘传华老师、金士录老师、龚长武老师等先后当过班主任，都给我留下深刻的印象。

方之江老师和席培兰老师现在都已经退休，方老师八秩高龄，和席老师一起也加入了我们八一级同学的微信群，她们仍然在关注着我们，有时也和同学们聊天。得知恩师身体健康，并老有所乐，同学们都感到很欣慰，她们达观而向上的生活状态为学子们树立了榜样。

方老师最让我感动的有两件事。2008年6月，高考结束后，我和红菊带着刚刚完成高中学业的女儿去信阳周边放松心情。李正侠老师得知消息就安排在南湾桥头饭店吃午饭。席间有人说方老师也回信阳了，我们就赶紧联系并派车把她接过来见面叙旧。因为方老师年高德崇，是很受老师们和同学们尊重的。她一生未育，退休之后老伴儿又驾鹤先行，便孑然一身独自生活。后来又轮换到深圳的儿子家和北京的妹妹家度冬夏。所以平日里和大家见面较少，难得一聚，自然要拉拉家常。同行的还有两位同学，午餐时也邀请到几位老师，师生相逢比较兴奋，免不了觥筹交错一醉方休。等大家酒足饭饱起身离席之时，却不见了方老师，寻遍饭店上下内外也没有找到。我们纳闷着下楼走出院子，都想着不与方老师道别实在遗憾。恰逢此刻，但见方老师的身影从南湾街一路疾走而来。及至近前问询才明白，原来吃饭时她感觉我说话的声音是有些感冒，便乘众人酒酣之际，一个人到外面街道上为我买药去了。望着年逾七旬的老人蹒跚的脚步，怎不叫人感动啊！那天下午返程路上，我泪眼婆娑，是方老师一举打开了师生情深的闸门，昔日里老师们对同学们的诸多关怀便像放电影一样在脑海里闪现。

第二件事是在 2017 年底，我到北京出差的间隙拜见了方老师。近些年老师身体不好，已经常年居住在北京了，仿佛是 2016 年还有过一次骨折，虽已经治愈，但行动亦离不开拐杖。当我和方老师电话联系时，她非常高兴，反复说"欢迎！欢迎！"她说了她住的大概位置，交代我如何打车，并一定要我在她家吃中午饭，她要亲自给我做一顿正宗的北京炸酱面。末了还嘱咐我，到了地铁站出口处，就站在那里等着。竟是她担心我找不到具体住址，要亲自到地铁站去接我。我真是诚惶诚恐，一再推辞，她却再三坚持。在地铁站出口处等了一阵儿，我看见老师从远处缓缓走来，就立刻大步跑上前去搀扶她。一个 82 岁的老人，且手术后不久，坚持拄着拐杖走几千米的路去接学生，如果没有慈母一样的情怀，焉能如此。唏嘘！

我陪方老师回到她住的地方，她欢喜地告诉我，已经买好了做饭的面和菜，中午还会有她的两个学生来一起吃饭。原来是她在长葛教中学时的学生也要来看望她。

方老师是地地道道的北京人，20 世纪 50 年代在北京读过师范学校，后来又读了河南大学历史专业。毕业后就留在河南被分配到长葛县一所中学教书，那已经是半个世纪以前的事了。见到那两个河南老乡时，才知道他们是夫妻，都已经退休，跟着自己的孩子在北京生活。他们几乎每个月都会来看望老师一次。因为我和妻子周红菊也是林校的同班同学，老师就特意询问了我家的一些情况，当听说我女儿已经结婚成家，并有了一个外孙时，她立马兴奋地起身到里屋去，一阵窸窸窣窣之后，方老师拿出了她收藏的几枚丁酉年发行的纪念币递到我手里，说："这几枚纪念币正好是你外孙出生年份的，你给他带回去更有纪念意义。"

那天中午，我吃到了一个80多岁的京城老太太亲手为学生做的炸酱面，其味美、其情深，余生不能忘怀。那一幅温暖的画面也将永远珍藏在我的心底。

"日月忽其不淹兮，春与秋其代序。"一转眼，33年过去了，当年的青涩少年已经两鬓染霜，但我们对母校的感恩和怀念之情却历久弥新、与日俱增。我曾想，人的情感究竟是从哪里来的呢？一定是来自那方山水和那些人。

细微之暖

同窗四载

——我与信阳林校·之四

当年河南省搞小中专试点是仓促而小规模起步的。

说仓促是因为并非谋划在先，而是临时动议的，这从招生时间点可以推断。本人就是在上了高中一周后才得到消息的，其他同学也大概如此。说小规模是因为当年仅有信阳林业学校和汝南园林学校各招了两个班。每班40名员额，也就计划了160人，况且因种种原因并未招满。我所在的信阳林校八一二班开学后就有一个同学退学回家继续读高中了。

因为这两点原因，造成一个事实：那100多名学生都是从当年参加中招考试的上万名初中毕业生中选出的尖子生。愚下不才，也是当年原许昌市中招的前10名。当时的招生办法是林校派老师到全省各地、市与教育局招生办接洽，多数是把一个地、市的招生计划分配到县，再按县里统一招生考试的成绩自上而下征求志愿，同意上小中专的按1∶2建档，之后，经体检和政审按二选一录取。余即是成绩排名在前的同学因青红色弱被淘汰才有幸获录。后来我觉得我那同学也非一定是青红色弱，很可能是第一次体检不知道医生拿那个花花绿绿的本子是何目的，不知所措才造成的。我和他同时在场，在旁边也是过了一会儿才明白医生问的什么意思。这也许就是天意，命里注定我与信阳林校有缘。好像也有的地市是全地区统一中招，便按全地区招考成绩自上而下征求志愿而录取的。当年，我们多是农家子弟，有这样一个机会，能跳出农门吃商品粮，毕业后就分配工作当24级大干部，大多都视为天赐良机，正求之不得呢！

到校后与同学交流才知道，信阳、洛阳、南阳、驻马店、许昌、周口等当时还是地区，林业县面积较大，都是分了10个招生名额，开封、新乡、安阳、商丘等地区只分到5个名额。就这样，一批成绩优秀的稚嫩学子被集中到了这两所小中专学校里。比如洛阳、南阳、驻马店的同学真是天资聪颖、少年才俊，他们几乎都是一个地区的尖子生。说句过分的话，如果是现在，他们的父母绝不会忍心让自己如此慧质的儿女去上一个小中专学校的。

我们毕业后，有部分同学并不甘心这个小中专的学历，但大多也接受了命运的安排。这毕竟是当时条件下家庭和个人的一种理智选择。当时国家急需人才，也形成了知识改变命运的共识和环境，政策上也支持在职学习，工作之后，我们绝大多数人都通过函授或自考取得了大学学历。有两名同学中专毕业后又参加了高考。王长松毕业第二年即被河南中医学院录取，后来又读博士，现在是东南大学的教授，扶阳派的名医。卢祖力，我们班年龄最小的男生，后来也考入了中国物资大学，现在在沈阳市工作。

同学们很幸运地享受到国家政策的红利，都被安排了工作，无论岗位是否如愿，都在默默地努力，勤奋地工作。虽然只是小中专的出身，但在各自的岗位上尽职尽责，都曾经是单位的骨干力量，很多还走上了领导岗位。

30多年，逆顺荣辱任由之，风雨沧桑皆为景。社会生活有了很多变化，但是，同学们的友谊没有变，对校园的怀念、对老师的感恩没有变，不仅没有减弱，而且热度在与日俱增。无论是集体聚会还是小范围见面，那种亲密无间、毫无禁忌、无私而坦然的氛围常常使旁观者羡慕，甚至不解。殊不知，我们是无知时的玩伴，同一巢中的雀儿，这种情感岂能用常态比拟乎？

青春记忆

——我与信阳林校·之五

写下这个题目，萦绕心头的便是青山碧水，那山曰贤山，水曰浉水。与这豫南名胜相依相伴的日子是我（们）记忆中最青春的日子。

林校四年，一言以蔽之：简单快乐！现在回忆起来，简单与快乐是互为依存、相互交融为一体的。

简单，首先是我们思想简单。刚入学时，同学们都会想家。回眸浮生、环顾众生，我突然发现，只有思想简单的人才知道想家，简单到了一切繁华都不能与乡音和亲情相媲美的程度。那个秋季，一群北方的小伙伴像燕子一样飞到温暖的鱼米之乡，却时时刻刻又想着故乡，完全忘却了在故乡生活的艰难（都是为了跳出农门为含辛茹苦的父母减轻一点负担才选择此路）、求学的辛苦和乍起的寒风。因为，此时的我们，尚处于天真烂漫未褪尽、幼稚蒙昧始初开的阶段，加之绝大部分出身于极平凡之家，脑子里既没有门户之见，也没有功名之累，所以简单也是那个阶段必然的表现。正因为简单，同学们的世界观形成是在同一起点上开始的，又是在共同生活中垒筑的，这就奠定了我们的友谊和信任是任何挫折都不可改变的。

　　学校初兴阶段，建设刚刚起步，办学条件和基础设施还不完备，甚至师资力量也不健全。走进校园发生的第一场风波就缘于简陋。那时候，学校没有餐厅，临时搭建一个简易伙房，只有买饭的窗口处几十平方米的地方是在屋檐下，当时的约200名师生是在这同一个地方就餐的。有一天，我们在粉条汤里发现了老鼠屎。其实，这在当时的北方农村是司空见惯的，对于老农民来说都是见怪不怪的。但当时我们多少有一种天之骄子的任性（一个乡里也没几个大中专学生呀），加上对学校生活条件的失望，一下子酿成集体的愤懑情绪爆发出来，大闹了饭场。后来，我和另外一个同学受到了批评。班主任并没有大发雷霆，而是很平静地指出我们的错误，我在那场风波中讲了骂人的话，而另一个同学带头泼洒了饭菜。

　　淮河以南与北方最大的区别是潮湿多雨。刚入校时，很多男生不习惯每天冲澡（学校在西侧山坡处建了一个洗澡间，去冲澡时还需要自带一壶热水），没过多久就传染了疥疮。是从手指缝、脚趾缝、大腿跟和腿弯、臂弯这些地方开始瘙痒的，后来全身都奇痒难耐。刚发现时不知道是咋回事，我们都不好意思去看医生（医务室的三位都是女大夫），直到有人忍不住去检查了，学校才发现已经大面积发生了。很快，学校普及了防治措施，一时间，男生宿舍里都充斥着硫磺软膏的味道。

学校的建设每天都在进行着，校园内基本是个大工地。教学楼和宿舍楼是同时施工的，绿化和操场的整修是组织教职工和同学们义务劳动实施的。当时，校园内还有一块水田，八一级的同学可能是最后一批跟着老师学插秧的。那个地方后来生长出了一座图书馆。

简单，也是那个时代的特征。我记得，岳建洲是我们班第一个穿皮鞋的，而且是那种棕色的翻毛皮鞋。他为了好看，就用一把旧牙刷蘸着黑鞋油每天擦，直到擦出了三节头皮鞋的模样和风度。代建新同学是我们班第一个戴手表的。餐厅到寝室楼是由一段很长的上坡路连接的，我在路上碰到过他上坡。也许是饭后的习惯，他迈着大步奋力前行，有时会挥起右臂，把胳膊一屈，露出腕上的手表看时间。同学们总会被那锃亮耀眼的光芒引出几分羡慕来。王长松家境贫寒，却是我们班乃至全年级最热爱学习、也是学习成绩最好的学生之一。他在班主任梁老师指导下自己购买元器件组装了一台矿石收音机。同学们经常会看到他站在教学楼东头的避雷天线下收听新闻。

在那简单的日子里，我们一直快乐着。团委和学生会经常组织文体活动，爬山、打篮球、办晚会。1981年，中国女排获得第三届世界杯女排赛冠军，是一件振奋全国人民精神的大事件，打排球迅速普及开来。在校的每个班都组建了排球队，随时都会相约在下午课外活动时打比赛。我们班的主力阵容包括张炬、高秋林、岳建洲、崔明、李培学等。八一二班当时是比较活跃的一个班级，我们不仅敢于向八〇级挑战，还曾经走出校园，到水利技校去交流比赛。

那是个文艺复兴的时代。《收获》《奔流》《芳草》《诗刊》《星星诗刊》和各类青年杂志（最受欢迎的是《中国青年》《辽宁青年》等）成为我们的最爱，几乎每个同学都藏着一个文学的梦想。学校成立了夏雨文学社，班上也有一个桉树文学社。前几年我还看到过我保存的一份油印的期刊，上面保存着30多年前陈书金同学从蜡纸上刻写下的字迹。他可是校园里小有名气的书法家哟！毛笔字隽雅、钢笔字流畅，而且每次办黑板报也是由他板书。

月末或者周末，大礼堂是最热闹的地方，我们经常在这里举办师生文艺联欢会。王长松演唱的《在那桃花盛开的地方》《想起周总理纺线线》，马桂荣演唱的《飞吧，鸽子》，韩爱民演唱的《满山红叶似彩霞》，曹广信演唱的《我爱你，塞北的雪》，班龙海演唱的《战士第二故乡》，王润增的口琴，崔明、朱玉印的笛子，鲁锁印、曹宪武的对口相声《时间与青春》，李俊中、吴思葳、李国超等人的三句半等节目成为风靡校园的一段佳话，也是对"少年不知愁滋味"的最好印证。

80年代流行交谊舞。因为林校同学多来自农村，也有年龄的原因，似乎学校也并不提倡推广，我们便始终在热望和冷静之间保持着距离，只有比较活跃的班级才敢学习跳集体舞。印象最深的是有一天晚自习的时候突然停电了。无所事事中不知道是谁忽发奇想，提议大家跳集体舞。其实，当时我们就学了一支《青春圆舞曲》，是大家手拉着手围成一个圆圈，时而向前转动、时而向中间聚拢的那种动作简单的舞蹈。谁知道一呼百应，同学们把课桌拉开，点了几根蜡烛，借着微光兴趣盎然地跳了起来。没有音乐伴奏，长松就清唱旋律，建洲拿起笛子吹奏，我也用一张白纸贴在嘴唇上用气流的震动吹出和声，同学们热情高涨，也放开歌喉齐声唱和，不断把烛光舞会推向高潮。经过我们邀请，八二级的几个女同学也积极地加入进来，青春的旋律点燃了大家的激情，嘹亮的歌声冲出教室，在夜空中飘荡，与远方的村火和天上的星星遥相辉

细微之暖

映，构成一幅迷人的画面。

欢乐的歌声在回旋荡漾，
歌颂着我们的幸福时光。
亲爱的朋友啊心连着心，
我们有共同的美好理想。
拉起手唱起歌跳起舞来，
让我们唱一支青春之歌！

回想起这歌声，我们至今仍然会沉浸在那无限的快乐之中。

记母校

信阳林校赋
——我与信阳林校·之六

吾辈之母校，历百年沧桑。肇源于汝宁府中等实业学堂，1959 年建立，随世势沉浮，曾几度湮兴。1979 年，改革开放，教育先行，复建于息县，后迁至申城。润浉水之秀，惠贤山之灵，办学育人，渐入佳境。四化高歌，百业勃兴。适人才急需，开豫州小中专之试行。1981 年始，培养林学、经济林、森林旅游诸专业学子数千众。2008 年完成青春使命，入信阳农林学院并融。

林校同学，遍布全省。扎根基层，骨干躬耕，争当绿化先锋；河岳添彩，山川增荣，默默尽职建功；机缘造化，从教从政，各行各业精英；自谋职业，创业经营，立潮头歌大风。中华腾飞逢盛世，民族复兴巨浪涌。不负杏坛之厚望，俱为母校争美名。

白驹过隙，岁月蹉跎。贤山一别，各奔西东。怀兹念兹，流连梦醒。朝晖东岭青松翠，暮笼西流金波平。莘莘学子，感念怀恩，历久弥新，与时俱增。难忘斯地钟灵毓秀，常怀慈师教诲之情，更忆同窗，嬉于校园，宛如幼雏振翅一巢中。

人生不二，命运难重。母校虽微，奠基一生。道挈于斯，器求其中。青春无悔，感念以诚。愿我同窗常怀想，谨以拙文唤共鸣！

珍友谊

夏　日（毛合民　绘）

乐天阿楠

阿楠是个乐天派。这大概与她的职业有关。

20 世纪 80 年代中期,阿楠毕业于河南大学艺术系,分配在豫南一个基层文化馆上班,长期从事舞蹈培训工作。

阿楠是个热心人,许多单位邀请她指导文艺活动或是排练节目,她都会愉快地答应,并且尽心尽力地给予帮助。她性格开朗,善于与人交流沟通,总是给人留下很深的印象。所以,她在这座小城里有很多朋友,无论是去逛街还是在单位,总是会有人热情地和她打招呼。

我认识阿楠,是因为她嫁给了我同学做老婆。我同学高挑个儿,也算是一表人才,可毕竟是小中专毕业,又是在林场工作，天天与大山和树木打交道，竟然娶了个搞艺术的本科大美女。这也十足为我们这些中专生们增了光。我同学又生性随和，加上工作地与母校较近，我们有出差的机会，就会与他联系，闲暇时日，也会专程去他那里玩儿。阿楠只要有时间，也会陪同学们出游或聊天。2005年，我们同班同学纪念毕业二十周年聚会，阿楠的老公是具体操办者之一，阿楠也跑前跑后地参与进来，为我们安排吃、住、游和日程，俨然是女主人的身份，丝毫没有艺术家的娇气和傲气。

前些年，阿楠当了馆长，工作更忙了。我常常从微信联系中看到她的踪影，有时是送文艺下乡，有时是辅导社区的健身舞蹈，还经常举办各类文艺比赛活动。今年夏末，单是在一个山村里组织民间艺术展演就持续了一周。自从她当上这么个芝麻官，我们见面的机会也明显减少了。偶尔见面，她也会兴高采烈地讲述她工作中的趣事，剪纸的大姐如何心灵手巧，跳舞的大嫂如何热情开朗，比赛的大妈如何争奇斗艳。从她的讲述中我感受到她对自己工作的钟爱和满足。

前些天，阿楠病了，在省城做了手术，住了十几天医院。一个星期天，我和爱人抽空赶去看她时，她已经回到了家，身体明显还很虚弱。她拖着病体为我们开门时，我同学还在外出差。我开玩笑责怪我同学没有照顾好她，她却嬉笑着为老公开脱，表达对老公工作的理解。其实我知道，这对于她已经是常态了。她嘴上虽偶有嗔怪，但从内心里是平和宽容的。闲聊中我才得知，知天命的阿楠竟然动过大大小小的五次手术。这不禁又让我对她刮目相看了。先不论病痛，单五次手术就是可以压垮一个人的意志的，但在与阿楠的接触中，从来看不到悲切和哀怨，在她的生活中倒是充满了乐观向上的精神，总是呈现出活泼可爱的姿态。

　　由是论：阿楠是一个坚强的乐天派。

2016 年 5 月 2 日

珍
友
谊

戏里风骨山水精神

　　朋友吕君，素敬仰三闾大夫风骨，尤喜《橘颂》中"苏世独立，横而不流"之志。曾问我，如果把橘颂画成一幅画，谁能画得比较好？我对漯河美术界了解不深，不敢妄下定论，正欲穷索间，脑海里跳出一个名字：李伯良。

　　李伯良不是漯河名气最盛的画家，但我自认为是可以画好《橘颂》的。我将此想法转告伯良老师之后，老师欣然允之。吕君追求特立独行之意趣，不想让作品落入茕茕踽踽、悲悯孤傲的老套路。我特意约伯良老师与吕君见面进行一次交流。月余之后，伯良老师电话告知我，作品已完成，不知是否如托付者之意。我专程到李老师家中将作品取回，并委人裱过装池一轴，送给友人过目。吕君一眼看过便慨然叹曰："真是用心之作呀！"

此一语，道出李伯良先生的行艺作风：用心！

我对李伯良老师敬慕已久，但相识却比较晚。1980年行政区划漯河设立地级市后，李伯良从许昌地区越调剧团调来漯河，先期筹备组建戏曲创作室，然后就职于漯河市群众艺术馆馆长。区划来漯人员安居于沙北行政区后，我恰与市文化局副局长张效忠先生做了邻居。邻里相处和谐友善，间或有一些聊天的机会，张效忠夫妇时常会提起李伯良，多是对他人品和艺德的赞许之言。李伯良这个名字就嵌入了我的脑海中。

2007年我调往市文化局工作时，李老师已经退休多年，一直没有机会谋面。真正与伯良先生见面并熟识，结缘于一幅画和一部剧本。

大概是2010年秋季，我因事到市区交通路的炎黄画廊，在二楼办完事向外走时，迎面一幅山水吸引了我。画轴虽挂在不起眼处，然而其高峻清秀、拙朴古意的风貌大有清初娄东派的气韵。我不由上前仔细观赏，落款竟是竹扉堂主人李伯良。

之后不久的一天，我和市群艺馆的同事闲聊，提到李伯良老师的画风，群艺馆诸同志皆流露出对老馆长的关切和敬重之情。时任馆长张瑞琴问我，李老师有一新剧作

《辞京赋》，正想向市内许慎文化界人士征求意见，想不想先睹为快？我曾负责筹建许慎文化园，对许慎生平事迹有所学习。其后，张瑞琴将《辞京赋》转发给我，我一口气把剧本读完，被跌宕起伏的剧情深深吸引，也被其语言隽永所叹服，更为塑造了清廉刚正的许夫子形象所感动，堪称颂扬字圣许慎的精品力作。

一幅画、一剧本，使我心生拜访先生亲聆教诲的念头。经朋友邀约，我们如期会面，对先生的第一印象即是儒雅温润。那时候，伯良先生已年逾七旬，仍才思敏捷、清雅健谈、稳重不拘、诙谐幽默。我们谈到他的画和他的剧作，兴致渐浓，遂成为忘年交。

李伯良出身于漯河一个书香世家。父亲曾经营一家中药铺，熟稔艺文药典，藏书颇丰。受家庭氛围熏陶，他自幼学文，阅读四书五经之余，对国画产生了浓厚的兴趣，坚持广泛浏览前人作品，苦练传统基本技法。成年之后，又痴迷于地方传统戏曲，常追随当地剧团和名家感受戏剧艺术的魅力，也频频尝试剧本创作和舞美设计。

也许是命运的眷顾，1963年，22岁的李伯良参加工作的第一站就来到了郾城县曲剧团工作。从此，他与艺术创作结下了不解之缘。在剧团工作的16个年头中，他主要的工作是戏曲创作和舞美设计。但他虚心好学，上进心强，完成本职工作之余，剧团里只要有需要的工作，无论分内

细微之暖

分外他都积极参与。正是由于他的勤奋，使他对剧团的各项业务都逐渐熟练起来，受到全团上下广泛的赞誉，成为单位里离不开的行家里手。剧团工作期间，李伯良也收获了自己的爱情，与曲剧团的大青衣寇桂梅相识相爱并结成神仙眷侣。相濡以沫的几十年里，夫妻俩忠贞不渝、携手互助，双双取得了骄人的艺术成就，成为漯河戏曲界的一段良缘佳话。

在以后的50余年里，李伯良先后担任过郾城县文化馆副馆长、许昌地区越调剧团团长和漯河市群众艺术馆馆长，从未离开过文艺战线。他热爱文化工作，所经历的各个岗位都兢兢业业、勤奋耕耘、成绩斐然，受到领导的信任、同人的敬重和广大群众的喜爱。他半生沉醉于舞美设计，为无数场的演出精心绘制了数以百计的舞台场景，或恢宏或绚丽，奇妙的艺术构思成为舞台不可或缺的重要表现形式。他因此获得"河南省十大舞美设计师"的荣誉称号。他业余创作的美术作品也多次在省内外美术展览中斩获大奖。伯良老师倾心戏曲创作，1983年他编剧的现代戏《岗九醒酒》先后由原许昌地区豫剧团、漯河豫剧团排演并搬上舞台，数十年唱遍中原大地，成为经久不衰的保留曲目。河南省电视台根据此剧改编为同名戏曲电视剧，录制播出后，荣获全国电视金鹰奖。他从事管理工作，坚持以人为本、以德为先，率先垂范、以身作则，用真情与同志们打成一片，用制度调动每个人的工作积极性，赢得了大家的衷心拥护与爱戴。在我接触的漯河文化界人士中，凡提到伯良先生无不肃然起敬。

李伯良忠诚艺术，遵循艺术创作规律，敏锐观察生活，用心体会作品的思想内涵，在社会实践中寻找创作灵感，从不投机取巧。这是他的作品能够打动观众的最核心的决定因素。改革开放之初，他创作的小戏《赶集》，由许昌地区越调剧团排演，毛爱莲亲自担纲出演，参加了河南省建国 30 周年文艺调演。该剧辛辣讽刺市场管理活动中的旧观念和积弊，产生了轰动效应，也引起一些顽固"左倾"思想者的不满，但其植根于深厚生活体验和强烈使命感基础上的惊人之笔，却实实在在地为市场管理改革吹响了冲锋号，为旺盛生长的市场经济吹送了和暖的春风。

退休之后，伯良先生一如既往地关注地方文化建设。为了创作《辞京赋》，他认真研读了许慎文化的大量文献，并从《后汉书》等典籍中掌握了汉代官吏制度、社会风情及人物关系等丰富的第一手资料。所塑造的字圣形象可亲可敬、丰满真切，突出颂扬了许慎不事权贵、坚持真理、忠笃求实的精神品格。伯良先生在美术创作上笔耕不辍，他一以贯之地把自己的创作方向定位于古典山水领域，以明清绘画大师王时敏、王翚、王原祁为师，辛勤揣摩古人技法，领悟传统绘画精髓，师古而不泥古，吸收借鉴了

细微之暖

近现代名家的创作体验，从而提高了自身的艺术感知能力和作品境界。他的画作不张扬技术、不炫耀智慧，展现的是对大千世界至善至真至美的体验，熟悉的人称他的画为"纯粹的文人画"。

2011（辛卯）年夏月，伯良先生赠我一幅拟明人画意山水，成为我爱不释手的瑰宝。每年新春我都要展挂于厅堂反复品赏，满四尺的画作布局严整、气氛氤氲，高山巍峨、流泉清冽、森林茂盛，飞瀑、栈桥隐现其间，山道上有书生独行，草庐中有贤儒静坐。凝神观之，脑海间不仅有松涛阵阵、溪水淙淙，似乎还能听到琅琅的读书声，敦厚闲逸、宁静清安之身心状态跃然浮现。这何尝不是先生一生的道德追求呢？

近几年我常去拜访先生，每次到家中他都会置上几个小菜请宾客小酌几杯。老师年事已高，不宜大饮，但喜欢看晚辈们畅饮。这也是他的学生们喜爱他的缘故之一。先生平易近人，不以年高而恃强，不以德崇而自傲，常常以谦逊和蔼的态度勉励年轻的文化工作者。我与他交往中也曾讨论漯河文化的一些人和事。伯良老师总是充满理解和宽容，肯定成就，鼓励进步，指出缺憾，从不以权威自居贬低同行、指责后学。他舒缓的语调和宽厚谦虚的心境常常使我感动。熟悉他的人都知道，伯良先生在政治生态错综复杂的年代也曾经受过磨难，甚至遭孟浪之徒检举被扣上过"现行反革命"的帽子。他很少主动谈起那些不愉快的事情，偶尔言及也是当成过往趣事来聊。对遭受不公平待遇的原因，他便用"那年代形势造成的"一言带过。既无怨恨的语气也未见恼怒的神情，豁达的胸襟、平和的心态令晚辈们由衷生出无限的钦佩。

伯良先生有学者风范。对待文化是一个喜欢"较真儿"的人。在任何情况下都不放弃坚守与自信，对任何一项工作也都认真负责、一丝不苟。他的一位老友曾讲过一桩逸事。20世纪70年代初，在以阶级斗争为纲的形势下，李伯良多次被扣帽子打棍子。一次在批判大会上，造反的红卫兵跳上主席台发言大批"反革命分子"李伯良态度顽固，把"狡猾"二字错读为"咬骨"。接受批判的李伯良忍不住抬起头来，虔诚而认真地提醒斗志正旺的批判者："那两个字可能是'狡猾'吧？"引起批判会现场的围观者一阵哄笑，批斗会也因此演变成一出没有结局的闹剧。这一段真实的故事已经被传为坊间笑谈，但足以让我们对先生的忠贞和睿智有更深刻的认识。

伯良先生生于1941年，已迈入古稀之寿。然而他对艺术的追求从未停下脚步，至今保持着健硕的精神、饱满的激情和昂扬向上的活力。他像一棵不老松，影响和带动着后学者在德艺双馨的旗帜下不断耕耘收获，为沙澧之滨文艺百花园日益增添新的色彩。

在伯良先生简陋的居室中，挂有当代书法家张富君草书的一幅书法作品，上书"德不孤，必有邻"。我想，这就是对李伯良先生人生阅历和精神品格的最好注解吧！

览胜迹

小 草（毛合民 绘）

澳洲览胜三章

偶遇袋鼠

　　2月3日，我们完成了既定的文化交流活动，前往澳大利亚首都堪培拉考察。从大巴车窗向外看，路两侧是丘陵和原始森林，偶尔夹着一些牧场或湖泊。森林以桉树为主要树种，导游告诉我们在这森林里生活着澳洲国宝考拉和袋鼠。考拉也叫树袋熊，鲜能见到。袋鼠体形较大却很机灵，善奔跑，尤其在夜间，看到公路上的汽车灯，时常会跳上公路和汽车赛跑。可惜我们已走出三分之一的路程也未曾看到那奇异的精灵。旅途的寂寞已使车上大多数人昏昏欲睡，导游也早已缄默不语。我们一行约 30 人，我是故地重游，对这异国别样的风光早已没有了兴趣，只静静地瞭望着远处的森林、草场、蓝天、白云，感受着大自然的美妙组合，耳边仿佛响起那些古典的交响。由此我豁然想到，艺术与哲学从根源上竟有着如此的相通之处。东方最古老的哲人曾说过道法自然的理论，无论东西方的艺术哪一类不讲究师法自然呢？绘画和音乐本质上都是心灵和自然相互感染的表现。车子接近堪培拉，同旅的人们又发出了欢快的谈笑声。

下午 5 点，从堪培拉返回悉尼，刚上高速，导游小姐的一声呼喊把几欲入梦的一车人都惊醒了。大家循着李导的指向望去，看到远处大草场上有一群袋鼠在翘首张望。全车人顿时激动起来，纷纷拿起相机拍摄起来。那群精灵有三四十只，似乎是同一个家族，它们保持一致的行动，同时前行，又一起驻足向公路这边张望，一个个抖动着小脑袋，显得憨态可掬。有几只似乎是队伍的前哨，它们抬起前足整个身体站立起来，机警地四处张望。在我们双方沉醉地互相欣赏时，我蓦然发现更远的森林边际处，有更多的袋鼠在跳跃着向草地上奔来。大家都是第一次目睹这异国的自然奇观，个个都很兴奋。只可惜要赶路，汽车发动时的一声长笛吓得那群小精灵向森林四散而去。那逃遁的动作仍是一跳一跳的，瞬息间就隐去了身影。

ROTORUA

　2月5日，要去游览那座曾经令人心仪的火山Rotorua（鲁吐鲁瓦），早餐后9点乘大巴从Auckland出发约两小时途经一个小镇叫玛特玛特（Matamata），是彼得·杰克逊拍摄《指环王》的外景地。《金刚》和《王者归来》也是他导演的。在路上我看到了久违的合欢、杨树、雪松、牵牛花、五角枫、蔷薇花等熟悉的面孔。当然，更令人神往的还是那一大片原始森林里参天的美洲杉和一丛丛的桫椤。来到Rotorua，先参观政务花园，在那棵五指树前留了影。这片行政区整个就是一座花园，那样的纯净、别致、自然，怎不让大家流连忘返。午餐在山顶上一家可以鸟瞰Rotorua lake全貌的西餐厅吃。Newzealand的牛羊肉和奶制品是绝对的纯天然绿色食品。Newzealand有27万平方公里的国土，430万人口，却饲养着1200万头牛、5000万只羊和250万头赤鹿。新西兰的牧场没有牛棚和羊圈，牛羊都自由地在草场上生活，基本上属于半野生状态。政府规定，牛羊马鹿都不准喂含有动物成分的人工饲料。所以，在这里我们可以放心地大吃大喝。吃完正餐，我取来一杯English breakfast tea，选一个靠窗的位子坐下来，边喝茶边遥望着远处的湖光山色，那黛色的远山立在翠绿的湖岸，静静地互相凝视着，显得委婉柔媚。午餐结束，我们一行向毛利

览胜迹

村进发，简约地看过复制的毛利人民居，便来到著名的地热游览区。远远望去，那里如沸腾一般，地下的热气喷发有近百米，又随风飘落一侧，似一面白纱做的旗帜在空中飘扬。略微接近火山口，空气中弥漫着一股刺鼻的硫磺气味，那是地下喷出的热泉的气味。走近最大的地热喷泉观察，只见顺水的崖石已被熏染成黄色，说明泉水中确实饱含矿物硫磺。那四周多处蒸腾的热气使这片山岗增加了些许曼妙的氛围，如仙境一般。试想在这里生活的人们，也许会有一些灵异的气息。

夜晚，我们下榻在 2006 年曾住过的那家酒店。晚餐时欣赏了毛利人表演的歌舞，再到屋后的温泉泡澡游泳，享受着异国的温情，禁不住给故乡的亲人打电话通报了当天的行程，好让他们也分享我的愉悦。

深夜了，土著人那原始质朴的乐曲仍萦绕在我的心间。

十二门徒

2 月 8 日的行程改为游览 Twelve Apostles（十二门徒）。这里是世界自然奇观，距 Melbourne 约 300 公里。9 点钟出发，因为是星期天，街道上和高速公路上都人车稀少。离墨尔本不远有一个二手车市场，每天都有约 4 万辆二手车待售，堪称世界规模最大。远离墨尔本，公路两侧的风光与新西兰相似，一座座居住区镶嵌在草场中，会有一两条公路与高速相连。使人感觉不同的是路边的草和树木都灰蒙蒙的，可能是近一个半月的干旱所致，也许是灰色的天空映染。车行45分钟后，天上下起了小雨。昨天已收到预报，今天转阴有雨，气温23至12摄氏度。这种天气应当是墨尔本这个季节的正常天气。而在昨天以前一个多月这里一直干热，最高温度达44摄氏度，据介绍还有三人因酷暑而毙命。几天前南部还发生了森林火灾，昨晚才扑灭。昨天飞机途经上空时，同旅们还拍摄到红红的火光，浓烟和强气流造成的剧烈颠簸（前所未有的）也着实让大家提心吊胆一番，飞机一着陆，乘客和乘务员们立刻发出了热烈的掌声。电视新闻报道林火也造成100多人丧生。呜呼！与他们相比，我等幸甚。

10点左右，公路上车辆多起来。我们到达维多利亚州第二大城市吉朗市。远眺过去，那是一座很悠闲的城市，排列在路两旁的是澳洲人最喜欢的House。大概城里人都到郊外度周末去了，偶尔才有汽车穿行街道。过了吉朗，小雨停下来，视野豁然开阔，天上的云依然浓厚，但已折射出耀眼的白光，大面积的草场变成了一马平川，即使有起伏也显得舒缓顺畅，一眼望去，直接与极远的山坡融为一体，间或有深绿的树木点缀在白亮的草地上，也有牛马和驼羊自由自在地吃草。想到这里的山川是自然的，生命是自然的，思想是自然的，我的心已悄然萌发出一股恋歌般的冲动。

　　Twelve Apostles 位于澳大利亚最南端，位置类似海南岛的天涯海角，是维多利亚州乃至全澳洲最具有吸引力的旅游景点。300 公里旅程的沿线景致令人陶醉，思绪随着汽车摇篮般的晃动逐渐平静下来。伴随一声"到站"的呼唤，大巴车戛然而止。大家在导游的指引下一同向那神秘的地方走去。步道两侧有栏杆围护。路旁近一米深的野草阻隔了我们的视线。在一段向下的缓坡上转过一道弯，霎时，我被惊呆了。一片极目不尽的蔚蓝色的大海闪烁着宝石般的波光呈现在我们这群世俗夫子们面前。远处浩渺的海水深邃而平静，似乎蕴藏着巨大的神力，坦然地与苍穹、陆地对话。那神采和灵光摄人魂魄，让全身的每一根神经都颤动起来。浪花如雪一层一层拥挤着向岸边扑来，传递着海神深沉的呼吸声。那圣歌的柔媚足以敲响骨髓深处的每一个细胞。一种莫名的崇敬从心底升腾着、升腾着，仿佛所有美好的感动和幸福的憧憬在这一刻相逢，相逢于我的脑海。海边伫立着一尊尊被浪花剥去睡袍的石柱。就是在这样一种环境中，它们被尊为上帝的门徒。这名字起得多么贴切呀！谁能说这里不是上帝神圣的别院呢？如果我也能化作不朽，我甘愿在这里屹立千年万年，永不厌倦地倾听上帝的教诲。

记于 2009 年春节参加中原文化澳洲行活动期间

英伦随笔

9月3日

　　航班到达伦敦时是当地时间下午 3 点 47 分。出港后已是将近 5 点，此时的漯河应是子夜时分。在去易普斯维奇（Ipswich）的路上，6 点我们路过温莎小镇。就在温莎堡旁边的一个中餐馆就餐。温莎小镇以莎士比亚笔下的《温莎的风流娘儿们》而扬名，但真正值得一睹芳容的还数伊丽莎白女王的离宫——温莎堡。粗略地远观温莎堡，像一座普通的旧城堡。它坐落在一个小山包上，称不上雄伟大气，也不算豪华奇峻，色彩斑驳，似是红石与灰石相间而造。

只有山顶一座哥特式楼房高出二三层，显示出与小镇上其他建筑的气度不同。据说，女王每年都要和家人一起回来住一段时间。

去易普斯维奇的公路是双向各三车道。远眺两边尽是草场和片状的自然的丛林。马匹和羊群自由自在地游荡着，边走边啃着青草，全然不理会公路上川流不息的喧闹的车辆。英国处于高纬度地区，夏季实行夏时制，下午 6 点钟天色还大亮，而公路上的汽车却已经打开了车灯。这可能是一种习惯或是从安全考虑。汽车到达易普斯维奇时已是晚上 8 点，公路上的灯也已经全亮了。

我们住进了 Holiday Inn。这是一家坐落在城市外围的宁静的酒店。长时间的飞行，大家都很疲惫。我要入梦了，而我的家乡还是旭日初升。

9 月 4 日

上午，在市政府听一群人不停地介绍，才对 Ipswich 有了一些了解。它是东英格兰地区较为发达的 Suffolk（苏佛克）郡的首府所在地。这个地区有六个港口，对外贸易较为发达。下午，总算把友好城市的协议书签了。晚上，市长夫妇设宴欢迎我们代表团一行。在长条形的餐桌上，宾主是分开坐的，主人坐里朝外，客人坐外朝里。吃饭时没有什么俗礼，以交谈为主，各吃各的。女市长也没有发表什么演讲，也没有共同举杯庆贺祝福。第一盘一上桌就开始吃，吃完了说话等第二盘。我问同座的华人朋友小黄才知道，正式场合的西餐通常是一盘一盘地上，要上三道菜，量都不大。第一盘是沙拉和面食。第二盘是主食，以肉为主。最后是水果或小点心。这种程序看似简单，其实挺麻烦，因为不吃完第一盘是不上第二盘的。我们今晚人多，饭量不同，加之各人习惯不同，即使有一人不吃完，店家也绝不上新菜。大家受拖累，只好用闲聊打发等待的时间。直到 11 点总算吃完饭。宾主握手言欢，互相祝福或相邀，其实都蕴含一层告别的意思。这时，我看到一位白发的英国老太太起身后又把一个瓶里剩的红酒倒进杯子里一饮而尽，而其他人并不理会眼前的残局。经打听得知，这个老太太并不是市政府的公务人员，而是市政府办公室请来联系翻译和勤杂人员的中介，因为任务没有结束，所以也在宴请之列。此时我才发现，下午参加签字仪式的那一批带着夫人或丈夫的官员们却没有出席这个晚宴。他（她）们因为完成了任务，早已在家吃完了饭 Go to bed 了。

9 月 5 日

今天要到伯明翰，路途遥远，所以早餐吃得很丰富：

两片烤肉、一根烤肠、一勺蒸鸡蛋、五粒煮草菇、一片生鱼片，喝了两杯凉牛奶，最后又吃了一些草莓和猕猴桃沙拉。吃得很舒服。

我们全天都在路上奔波，沿途的景致很美，尽收眼底的依然是草场和森林，天色翠蓝翠蓝的，白云飘浮在空中，令人心旷神怡。

上午我们参观了牛津大学城。这座百年大学城有 39 所大学，却只有 1.5 万名学生。他们招生的原则是宁缺毋滥。难怪这座大学城培养出了 50 多位诺贝尔奖获得者。从大学城结束，我们向伯明翰出发，途中拜访了莎士比亚的故乡。

晚上，我们到朋友迈克家中做客。这是一个普通的英国家庭，住在离诺丁汉不远的小镇上。街道是干干净净的，家家户户都住在统一规划建筑的别墅里。迈克家的两层小楼前后都有花园，庭院里收拾得非常整洁有序。后花园种植着草坪花卉和树木，边上搭着一个凉棚，下面放着几把椅子和茶几。花园周围随意散落着几件工艺品，有神话人物的雕塑，有小丑和动物的雕像，显示这一家人的生活情调。迈克的父母和一个哥哥在家待客，他们不停地说笑，和我们一起喝酒，吃开胃菜，家庭氛围很温馨。迈克和他的父母不停地讲述着家庭关系和家庭成员的情况。亲情充满房间，其乐融融也。

9月6日

在伯明翰与中央英格兰大学的访谈非常成功。中午在伯明翰唐人街的一家有名的中餐馆吃自助餐。餐类品种十分丰富，几天不吃中餐，看到什么都想尝尝。正不知所措时看到同行的宋女士端了一碗米粉，我赶紧问她在哪儿打的，径直走过去盛了一碗。其实在家时我是不喜欢吃米粉的，总以为那是女士们才喜欢的食物。随后又打了整整一盘子红烧肉之类的菜和两碗排骨汤，最后把它们吃了个一干二净。

晚上，给我老婆发了一条信息：

小z：你好！我们天天吃西餐，真是烦死了。英国是老牌资本主义国家，确实很发达。人的文明程度也高，热情诚实有礼貌，男人绅士，女人淑雅。但我还是想家！

9月7日

来之前听说英国的天气像猴子的脸说变就变。来之后这几天一直天气晴朗，带来的秋衣夹克和雨伞全都没有派上用场。今天好像要换一种感觉了，早上天气很凉爽，天空中有阴云。饭后我们要去伦敦了，这也是英国之行的最后一站，在那里大概还要待五天。

在这里你不能不佩服这是享乐主义的天堂。人们的生活观念是崇尚休闲的。无论城市或乡村，街道上干干净净，沿街的墙壁上还家家挂着几只格外鲜艳的大花篮。即使在农村也到处可以发现休闲的迹象。农舍也是一排排的别墅，整整齐齐又错落有致。在城市的公园和草地上，不仅能看到锻炼的男女老少，偶尔还能发现几只悠闲而毫无惧色的松鼠。当然，最常见的动物还数成群的鸟类，有热闹的喜鹊，也有高傲飞翔的海鸥，还有就是叫不出名的异国宠爱了。在公路上，我看到路过的几条河流上，都有许多小游艇，无论城市河流还是乡村河流，也无论大河流还是小河流，概莫能外。原来那是市民们和村民们休假的场所，全家出游或朋友联欢都会选择这种方式。由此可见，他们的生活是多么的富有情趣！

9 月 8 日

今天游览伦敦。看了几条街道，路过使馆区、唐宁街10 号、白金汉宫。除了西斯敏大教堂，都是在街道上看。伦敦是个国际化大都市，但表面上看很陈旧杂乱，丝毫没有现代化的气派，远没有伦敦以外的城市漂亮。

9 月 9 日

今天将要参观温莎城堡和怪石。

伦敦的早晨颇有些凉意，出发时同行的人都穿上了外套。从酒店九楼向下看，伦敦丝毫没有大都市的气派，倒像中国南方的小镇。沿街多是二层或三层的旧房子，鲜见高楼大厦。路边的路灯、红绿灯、电话亭、候车亭、邮箱等设施也十分简单，甚至有些陈旧，让人看不出它的生机。

温莎堡坐落在一个古色古香的小镇。这座古堡始建于大约 11 世纪末，是迄今为止世界上唯一还在使用中的古城堡。女王除了在伦敦的白金汉宫住寝和办公外，其余的多数时间会在这里度过，在这里接待过许多世界政要。温莎城堡初期是一座以防御为主的建筑，沿外侧的建筑墙体上布满了外宽内窄的瞭望窗和射击孔。其实，这些防御设施从未发挥功用。以后城堡便成了王室的离宫。进入城堡，马上便感受到皇家生活的阔绰，内部功能齐全，设施富丽堂皇。许多藏品都是世界珍宝，从埃塞俄比亚的王冠，到滑铁卢之役的遗物，既有 19 世纪的军刀火枪，也有早期艺术大师的杰作，如达·芬奇的画稿、查理二世的铠甲等。这些藏品无不炫耀着大英帝国昔日的富足、荣誉和狂傲。如今，它们依然辉煌绚烂、光彩夺目，但观赏者在惊叹之余却心生不同的感慨。

览胜迹

怪石是英格兰史前文明的遗迹，充满了自然与宗教的神秘。这些才真正是值得英格兰人自豪和骄傲的资本。

9 月 10 日

近 30 年前读初中的时候，从地理课本上知道了格林尼治（Greenwich）天文台。今天，我们就来到了这里。

格林尼治天文台坐落在格林尼治大学南端的一个山顶上。从山顶向下看，它几乎占据了格林尼治大学校园的一半。我这样说是因为天文台也是大学的重要组成部分。天文台与教学区之间是一个占地数百亩（我估摸）的绿地，以草坪为主。中轴大道两侧有近百棵古树，约占绿地总面积的十分之一。远远望去，大学教学区像一座白色的中式宫殿，沿中轴线呈对称分布，显得严谨厚重，颇有气度。教学区的东南角有一座博物馆（National Marytime Museum）。它与天文台遥相呼应，构成了格林尼治大学独有的尊贵魅力。

登上格林尼治天文台，我们看到了仰慕已久的 0 度经线和格林尼治标准时间钟。大家纷纷在这个时间圣地拍摄留影。我趁机站在 0 度经线上给我上高中的女儿发短信："我来到了格林纬治，我跨在了东西半球上。"不一会儿，女儿回信息："是格林尼治……而且零度经线不是东西半球分界线。"我顿感汗颜，原来多年的知识竟是谬误。而此时，旅伴们兴致正浓，我也不便扫大家的兴，就任他们为跨半球而欢呼吧！在天文台上还可以遥望整个伦敦北区和东区的风貌。泰晤士河环抱着格林尼治大学，河北岸就是有名的伦敦金融区。老的金融区以花旗银行的子弹头状大楼为标志位于西侧。新的金融区向正对应天文台的北中区发展，新迁建的汇丰银行总部大楼就占据着那片楼群的显著位置。再向东，据说是伦敦较为不发达的区域，现在已经计划为 2012 年奥运会的主场馆区。目的显然是要借助奥林匹克的雄风推动该区域的发展。

下午，我们游览了泰晤士河和圣保罗大教堂。游轮从一座座大桥下穿过，秀丽多姿的风光令人目不暇接，滑铁卢桥、塔桥、伦敦眼、大本钟都分布在河两岸。

最后我们又匆匆忙忙来到海德公园一角，把漂亮的景致摄入镜头，才算结束了一天的行程。

9 月 11 日

猛然想起，今天是"9 月 11 日"。怪不得飞机不停地在头顶盘旋，街道上警笛声一阵阵刺激着耳膜。在这个日子，我们来到了大英博物馆。

在 BRITISH MUSEUM，我们怀着崇圣的心情做了一次世界文化之旅。从古罗马到古埃及，看在眼里的是一个一个神话般的奇迹和奇迹般的神话。我不断地惊叹古代人怎么会有如此的想象力，把他们心中美好的梦想演绎成如此动人的神话；又是靠着什么样的魔力相助，把动人心弦的故事和他们心目中的天使刻画成栩栩如生、美妙绝伦的塑像。我不断地被远古的艺术感动着，膜拜的情绪此起彼伏。

然而，在雅典神庙前，我的激动的心态却被无情地击碎了。一座残缺不全的神庙和一尊尊破碎的曾经把这座神庙装扮得庄严圣洁的大理石雕像展现在我的面前时，我的泪水几欲夺眶而出。这些曾经完美的无与伦比的艺术品却是经过了无数的厮杀征战才被抢掠到这样一座"储藏室"的。眼前仿佛还能看到这座神庙是多么的灵光灿烂、圣洁无比，但这灵光和圣洁瞬间又被恶魔践踏了。战争的恶魔是冷酷、变态而残暴的，像一头凶恶的猛兽在美丽的文明家园四处游荡，并不断实施着恶行。掠夺总是伴随着毁灭。她们就这样来到这座大英帝国的博物馆，在这里哭泣着被炫耀……

在三楼的西侧，我也看到一幅幅熟悉的画面，春秋的铜器、唐代的彩陶、明清的青花，还有琳琅满目的剔透的玉雕、慈悲的观音、晶亮的金如意。据说，这里展出的只是被他们抢来的千分之一甚至万分之一。我不忍目睹却又不忍将她们舍弃，只有用泪水来模糊视线以掩饰我失态的委屈……

　　离开大英博物馆，街道上又传来一阵阵刺耳的鸣叫，空中仍旧响着嗡嗡的喧嚣，但街道上的人们依然若无其事。

　　我想起导游的一句讲解：在西方，强盗并不是贬义词，而是褒义词。

初到浏阳

最早知道浏阳是在童年，每逢春节小孩子们最快乐的事莫过于放花炮，而浏阳花炮是我最喜欢的。

这次来浏阳就是为了参加第九届中国（浏阳）国际烟花节。

孩童时代，每年大年初一，几乎全村的男孩子都会早早地从热被窝里爬起来成群结队地挨门逐户去抢炮仗。所谓抢炮仗，就是去捡人家放鞭炮时没有炸响的那些零碎花炮（我们叫弱捻炮）。因为僧多粥少，往往得赶到别人前面才能捡得多一点儿。其实，在我的老家附近有一个村子是专门生产花炮的。当地的花炮是那种北方汉子类型的，比较粗壮，燃放起来也是声震四方。也许是我小时候生性柔善的缘故，我偏偏喜欢那种细小一点儿的花炮。浏阳一带生产的鞭炮就是这种。

这次到浏阳，才知道浏阳生产鞭炮的历史要追溯到唐宋年代。李畋是花炮业的鼻祖，他就生长在这个山清水秀的地方。而如今的浏阳鞭炮也早不是我孩童时期的印象了。现今，花炮业已经成为浏阳经济的支柱产业，浏阳也因此而跻身于全国 500 强县市之列。这次在浏阳看到的烟花使我大开眼界、耳目一新。

无论是 23 日晚的国际音乐烟花比赛，还是 22 日晚的烟花文艺晚会，那绚烂的色彩斑斓多姿，美妙的意境引人入胜。在场的观众无不为之陶醉。明星们的歇斯底里并不让人留恋，倒是那夜空中演绎的瑰丽篇章使我久久不能忘怀。儿时所感受的浏阳只是一种趣味横生的游戏，而今目睹的浏阳才是一幅波澜壮阔的交响画卷。而这一切是由智慧勤劳的浏阳人生生不息创造的成果。我们的祖先，我们的人民，就是这样创造了灿烂的中华文明，浏阳花炮只是八千年历史长河中一朵璀璨的浪花。

看吧，这是浏阳的色彩！

看吧，我们的土地上到处都盛开着鲜艳夺目的花朵！

生长在这片土地上的人们啊，让我们共同为之歌唱吧！

2009 年 5 月 23 日

静静的塔林

　　6月25日至27日，由于职业的需要，去了一趟禅宗祖庭少林寺。连续两天我都起了大早，趁游客未进山的当儿，在少林寺景区徜徉。

　　6点多钟，绿树掩映的朱红色大门还没有打开，少林寺门前已有稀稀落落的游人活动，也有三五个小和尚在切磋武艺。远远望去，这里没有了白日的喧闹，显露出佛门应有的清静。

　　从山门向左走去，三五分钟，就来到塔林。塔林是埋葬历代高僧的场所，从唐代的第一座佛塔至今，已有1400年历史，数以百计的高僧大德圆寂后永远地安息在这里。

如今，我们能见到的佛塔仍约有 200 座，最早的是唐朝的法如禅师塔。近几日气温较高，但早晨的塔林略有一丝清凉，太阳光柔和地穿过乔木的树冠，洒在塔身上，给众佛塔笼罩了一层祥瑞之气。我无暇细读每一位佛塔主人的生平功德，但在每一座佛塔前，都仿佛看到一张慈祥的面容，听到一息悲悯的心跳。

"唰——唰——唰"，循声望去，是一位老者在打扫卫生，这单调的声响划破了清晨的静谧，我才注意到，四周还没有一个游客。不远处的少溪河没有流水，就连北靠的五乳峰的鸟儿也还没有光顾这片树林，塔林格外地寂静。我漫步穿行其中，心底平添几分安然，有与古人做伴的感觉，又有与自然相通的飘逸。

2009 年夏

夜宿秀女潭

细微之暖

你一定会问我，秀女潭在哪儿？

秀女潭就在鸡公山大深沟的入口处。

从 38 年前第一次登上云中公园，我已经在鸡公山上攀爬了数十次。第一次印象最深的是：山风的清凉，植物的茂密以及西洋建筑的别致。在以后的游历中遇到过几次扑面而来的大雾，大雾过后便是绵绵细雨。一个夏天的清晨，我站在清泉宾馆临崖的观景台眺望山下，还看到了山脚下蜿蜒而行的河道里云雾生成的气象。当时，太阳刚刚从东方升起，偶感微风拂面，山下一条大河平静地纵贯南北，看不清有多少水，却能看到阳光初照的河面上忽而会飘起一缕白色的丝带，像有一只无形的纤手从白色的茧子里抽出一根蚕丝，若隐若现、轻柔缥缈，升到空中便融化在明净的空气里，消匿无形。太阳升起的速度渐快，河面上抽出的白色丝带渐密，飘升的高度渐高，还在空中相互交织。随着艳阳普照，那只纤手更加勤快，柔丝来不及融化，便汇聚成一团团白雾。气温在太阳的带动下升高，团团白雾贴着山坡涌动，从山的脚下漫到我的脚下，又从我的眼前飘浮到山峰上端，演变成湛蓝天空的点缀。多年来，那缕缕云雾一直在我记忆的旷野上浮现。

鸡公山的地质学历史我没有考证过，其人文历史的发端并不久远。由于地处亚热带向暖温带过渡的区域，适宜两大气候带的生物生存，动植物品种多不胜数，给人类提供了丰富的食物来源，古往今来，这里就是山民们讨生活的地方。只是到了 20 世纪初（1904 年），挪威籍传教士李立生的到来改变了山林中的生活格调。他发现这里山势挺拔、林木俊秀、空气清爽、气候宜人，是个避暑的好地方。消息传开，大批在汉口生活的洋教士们纷至沓来，开始在山上开辟领地修筑山庄，形成了独具西洋风格的建筑群。因此，鸡公山除了享有避暑胜地的誉称之外，还有两大特色：动植物基因库和万国建筑博览会。

20 世纪 80 年代初，在信阳上学期间，我曾多次在山上实习踏查，丰富的植物品种，洋味十足的别墅，清凉的山风，清澈的溪流给我留下了深刻的印象。近 40 年来，我一直没有停止对鸡公山的依恋，每年都要到山上去找寻我青春时的印迹，波尔登的母树林以及林下的鱼腥草，登山栈道的古韵以及斑斑苔痕，清泉宾馆的大法桐树以及山崖边的荒枣树，颐庐的挺拔端庄以及庭中虬曲的古柏，武胜关下的小溪流以及林中清幽的兰草香，都曾使我流连许久。以后的故地重游，始终未能再遇见神仙妙境般的云起过程，但每次都感受到山上的景物变化。南街由最初的清寂变得热闹，甚至有些喧嚣，小商铺、小旅社一天比一天多起来。颐庐和万国广场那兀立孤傲的氛围也在时光的销蚀中渐露出市井生活的脸孔。它的周边这里添了一座宾馆，那里塞了一处疗养院，省里市里有头有脸的单位争相在山上划定自己盘踞的地盘。新添的设施方便了鸡公山的旅游开发，为游人提供了更舒适的服务，但山上的风物却渐渐失去了往日的韵味，清凉的山风中夹杂着各种现代音乐的嘈杂，也漂浮着各种现代休闲食品的味道，更渗透出钢筋水泥散发的生冷气息，触目所及的许多景点已黯然失色。回首往昔，这变化只在瞬息之间，我对鸡公山的向往慢慢地钝化起来。

　　20 世纪末，鸡公山开发出一条新的游山线路，名叫"大深沟"。乍一听名字就知道是山中一条峡谷。之后，据说有好事的贵客到来，觉得大深沟名字不雅，才改为长生谷。而我仍习惯那个带着原始粗野意味的乳名。秀女潭与其说是大深沟的起点，不如说是大深沟终点的一个驿站。万木葱茏的鸡公山地处南北气候过渡的多雨地带，茂密的森林又起到了涵养水源的功能，所以这本是一座碧水长流的山。从山顶最热闹的南街下行，随处可见从山石缝隙间、大树根部、山崖的青苔里，或滴滴相连，或汩汩突冒的山泉渗向山道旁的沟壑里。一开始文弱如缕，时隐时现，渐渐地汇成一股清冽的溪流在山间淙淙而行。一路上还不断有明的或暗的泉流汇入，渐渐在一处较为平坦的山坳形成一片湿地。几路水军在这里稍作休整便浩浩荡荡地开始了在大深沟的旅行。大深沟，多么野性质朴的名字，可以想见林深蔽日、满沟青翠，松柏常青、枫杨参天，偶有青檀厚朴凸立在岩石上，间或也会遇到几丛翠竹、几棵乌桕。乌桕是天然的调色笔，初春的嫩芽和深秋的圆叶都呈现火苗般炫目的红艳，给这清凉世界增添了些许暖意。这里也是鸟儿的天堂，远处咕咕的鸬鸟独享着男中音在幽谷的回响，近处高树枝柯间接二连三地举办着百灵和雀类的合唱比赛，忽而会有一两只翠鸟或鹊鸲投向山溪去润一润嗓子，旋即又箭一般地回到密林中去练声。可惜我能识别的鸟类有限，更多的只能欣赏它们的歌声和舞姿，而不能叫出它们的名字并给予更中肯的赞美。在这样的环境中，大深沟的溪水在奔流着，时而如匆匆旅者顺沟涌向前方，甚至急

览胜迹

促的顾不上喧哗；时而如放假时涌出校门的孩子在一片乱石间蹦蹦跳跳，与岩石亲吻，与树根拥抱，叽叽嘈嘈地发出孟浪的说笑声。一直到了一处叫犀牛卧波的地方，它们在这里完成了一个最惊险刺激的节目——高台跳水。溪水在跳下之前不断地盘旋着、盘旋着，像在平复内心的激动，又像在积聚力量和勇气，猛然一转身，横空飞出，纵扑向五六米下的一片石台，在石台上迸出银光四射的浪花，博得石台上下一片喝彩。上山的游客每每与这一幕相遇也会惊出一身冷汗，他们很自然地来到溪边掬一捧清凉的溪水洗去上山的劳顿，或在小桥上凭栏驻足，展开思想的翅膀神游遐思一会儿，又逆流向山上攀登，去找寻更美的景致。溪水不需要休息，顺着大深沟继续向前奔流，终于在完成第二个高台速降后汇入一泓碧潭。不过这一次速降既不跌也不跳，而是贴着一面大石壁顺势而下。潭深三四米，一千平方米见阔，清澈见底，鱼蟹和枯叶均可辨识。潭面平静如镜，偶尔有落叶叩击泛起一圈圈涟漪，少顷又恢复少女般的矜持。这，便是秀女潭。

秀女潭是大深沟连接外部世界的一个枢纽，有公路通往山外的 107 国道，站在潭边向西眺望便可嗅到世俗世界的气息。紧邻秀女潭，有一座小楼和两座木房子，风格一致的蓝色房顶掩映在郁郁葱葱的林木间，几十棵水杉树高耸入云，林下有几个石桌、石凳供进山和出山的游人小憩。

细微之暖

进山的人从喧嚣的城市乘坐各种交通工具来到这里，下车伊始看到参天大树和清澈溪流往往会有一种激动，激发着继续向山林深处攀爬的兴致。从山顶沿溪而下的我却是一下子被这里的宁静平和所吸引。一路上清流湍急、起伏跌宕、跳跃奔腾，没有一刻喘息，到了这里却立刻变得水波不惊，鱼鸟舒然自在，草木和悦摆动。我不由得产生了在此夜宿的冲动。主人一再讲这里条件很简陋，而我执意要体验"游人归而禽鸟乐"的感觉。秀女山庄是一座两层楼，楼下有两个餐厅，楼上仅四间客房。夜色袭来，周遭寂寥，就连山口处的汽车喇叭声也渐渐稀少。站在客房窗口向外望，黑黢黢的什么也看不见，抬眼寻不见星月。一路奔波的疲劳已被习习晚风拂去，走下楼来行至秀女潭边，小石坝下有潺潺水声流向山脚下的河道。大山稳卧在夜幕后，偶尔有一两声犬吠从深远的山林中传出，更显得寂静和空旷，空气清新而柔润，沁人心脾。

如此安静的夜晚实在是城市生活的一种奢望。秀女潭也许是借用了《诗经》里"静女其姝"的意境。在这样的夜晚，我并没有滋生出浪漫的情怀，倒是多了几许心灵慰藉的触动。

人生何尝不是如这溪流，完全是偶然的机缘汇入了社会的洪流。从长大成人便急匆匆赶着一场又一场的搏击与竞技，从一个巅峰奔往另一个巅峰，一路上喝彩声、诅咒声、发泄声不绝于耳，被辉煌包围着却不断追逐新的辉煌。这些似乎是人生的至高境界，然而最终也会像大深沟的溪流一样归于平凡和宁静，在平凡和宁静中又领悟到人生的至真境界。至真和至高也是交互的，或者是周而复始的，追求至高是人生的初始滋味，而寻找宁静才是灵魂的终极皈依。如同秀女潭的溪水还要化作云雾升腾，云雾又凝入山林潜入泉溪，溪流虽一路奔波终又还原到平静闲适。山川自然真的值得我们敬畏，无时无刻不在启迪着芸芸众生。平庸的生命在大自然的启悟下享受收获的喜悦，也筑就了精神的飨殿。

这一宿，我一定会有一个美丽的邂逅。

2012 年 6 月

细微之暖

黄岛五章

初到黄岛

18 日下午飞来青岛，在机场等接待单位的大巴凑满了
人已是 6:30 左右。翌日晨起才发现，我们住宿的地方就在
海边。

午餐之后，从温德姆酒店后门出去，便有一条通往海
滩的小径。5 分钟路程，眼前便豁然开朗。沿沙滩望去，
是波涛汹涌的黄海，一排排海浪争先恐后地向沙滩扑来，
相互激荡，溅出碎玉般白色的花瓣。海的上空，是一幅万
马奔腾图。海风犹如一杆急促的马鞭，带着犀利的吼叫抽

黄岛五章

初到黄岛

18 日下午飞来青岛，在机场等接待单位的大巴凑满了人已是 6:30 左右。翌日晨起才发现，我们住宿的地方就在海边。

午餐之后，从温德姆酒店后门出去，便有一条通往海滩的小径。5 分钟路程，眼前便豁然开朗。沿沙滩望去，是波涛汹涌的黄海，一排排海浪争先恐后地向沙滩扑来，相互激荡，溅出碎玉般白色的花瓣。海的上空，是一幅万马奔腾图。海风犹如一杆急促的马鞭，带着犀利的吼叫抽

向高空中的乌云。乌云被撕裂开来，争相向东北方向奔跑。我想，也许是蒙古草原上生香的秋色吸引着它们迫不及待的脚步吧！

回过头才看到，豪华的至尊酒店孤零零地矗立在海岸上，无奈地对着秋风唏嘘。酒店的游泳池坐落在酒店与沙滩之间，平静的室外池水微澜似纹，与室内的冷清构成一种默契。

我蓦然发现，黄岛上的树叶也是金灿灿的黄。那树是槐树，所以叫黄金槐。

清晨望海

阴霾的天气，大海在不停地喧嚣，犹如一个奔跑着的壮汉，需要急促、有力的呼吸。海面上，一个浪峰轰然倒塌，又一群浪峰迅猛地隆起，就像那壮汉雄美的胸膛。嶙峋的礁石极力配合着海浪的竞技，以各种姿态伸展着壮汉的健肌。只是少了平日的观众——那成群结队的海鸥。

遥望远处，灰蒙蒙的天与灰青色的海水混沌在一起，遮掩了这座天地大舞台上所有的景致和角色。只偶尔，在灰幕上会扒开一条小缝隙，露出一张微红的脸，向舞台上窥视。也许他在等待这场表演结束，再开始他的展示。

……期待着丽日晴空的到来。

夜听涛

夜幕降临了。外面下起了雨。天气预报是中雨，这会儿倒是比中雨小一些。站在九楼的阳台能若隐若现地看到白花花的海浪向海岸涌动。

白天也在下着小雨，但海滩上总有三三两两的人在来来往往地漫步。那背着背篓的应该是赶海的人，趁着涨潮淘一点儿外快，或者只是为了寻一点儿乐趣。那男女挽着手的一定是后一类的，那独自一人迎着浪潮涉入海水中的也许是为生计而辛劳的一类。

这会儿夜更暗了，只能看到隐隐约约的浪花漫涌在海滩上，还有海滩上黑黢黢的防浪林带。海浪激荡的声音倒是很清晰，而且一浪高过一浪，无休止地重复着那一个节拍，毫无韵律可言，比起清晨的观感少了许多形象思维。看来做文学这一行，眼观可能更必要些，能展开无穷的想象，而单靠听觉想象就受到了限制。当然，也可以用地球的呼吸一类来比喻这涛声，但也难免失于单调而缺少生机。除了涛声，周遭死一般地沉寂，沙滩上一定不会有人了，除非他是个偏执的爱海狂。有多少深海的生灵可以借此良机来到浅滩自由地游荡一趟了。

忽而，防浪林上空传来一阵阵鸟儿的叫声，像是一个团队，此起彼伏，像是在那一带盘旋。我想不出这样的环境里鸟儿们该有怎样的行动。看来，这漆黑的风雨暗夜里也有不可知的秘密隐藏其中。

在海边的晨风里

360 天气提示：22 日开始晴好天气。我心怀期待地早早起床奔向海边，希望拍到丽日出海和霞彩满天的动人气象。

刚刚 5 点，我第一个走出酒店大门。外面不见天光，四野空无一人。在五分钟的路途中，风声、涛声不断在召唤着我。我暗想，我一定是第一个到海边的。走过那一片防浪林时，有一种孤独阴森的感觉。对着树丛大声地吼了两声，胆子便壮了起来。走出林带，看到海滩边上有一座木板房子里竟亮着灯。原来这片沙滩浴场是昼夜都有人值更看守的。平阔的沙滩上已经能看清涨潮时冲积的一重重波纹，波纹间杂乱地摆布着各形各色的残贝和石砾。

5 点半左右，东方已现出鱼肚白。海浪一直在摆动着桑巴的舞步，虽然是退潮时分，其节奏和力度也看不出丝毫的减退。海水浸润的石砾都泛着光泽，像是互相讲述昨夜的梦境。三三两两的游人出现了，柔软的沙滩上印上一行行清晰的足迹。晨练者沿着浪线向东西方向漫步，几个摄影爱好者架好了相机等待 6:13 的到来。海面上涛声依旧、潮涌潮落，远处浮着一层朦胧的雾气，看不到明净的曙色。摄影人的心中不免有一丝失落。

晨练的人渐渐多起来，海鸥也开始出巢了，陪伴着勤快的游客观赏浪涛的表演。循着海鸟的舞姿向远海望去，终于看到一抹红色的火焰跳出海平面，渐渐地升高化成一个完整的球形，又缓缓地飘浮起来离开水面。刚刚脱开浪花的荡涤，太阳是那么清新明丽，殷红而透亮。人们都不由得停下脚步，向鲜艳的红日行注目礼。海鸥们"呀！呀！"地扇动翅膀在空中舞蹈。我不禁猜想：金乌的别称也许与鸟儿的舞蹈有关联吧！

北方的十月已近于寒冷了，晨风入怀不禁会使人缩一下脖子，打一个寒噤。然而，太阳升起给大地带来温暖和活力。远处传来爽快的说笑声，有人对着大海欢呼雀跃，有人在拍照留影，一位大胆的女郎竟甩掉鞋子挽起裤管跳入浅浪蹚水。这一壮举引起同伴的赞叹，摄影家们纷纷举起相机记录下这一幕。朝阳用它特有的色彩把女郎的漫步影印在浪花冲洗过的沙滩上，更引来拍摄者们大胆地追逐。有两个年轻的女子把随身的纱巾迎风展开，俏丽地在沙滩上奔跑，又引来一阵惊讶和艳美。岸上的景致一时间超越了海空，在海的背景下，人们自由畅快地表达自己的新奇和愉悦，构成了一幅滨海游乐图。

太阳升高了，今晨已经没有机会抓拍到心仪已久的晴空艳霞了。我带着初识的兴奋和微微的遗憾告别了沙滩，憧憬着明天新的机遇。

日出时分

太阳每天从东方升起，傍晚又坠落在西山之后。我珍惜这难得的临海而居的机缘，坚持每天早起到海滩去散步并寻觅晨光，下午4点左右到鱼鸣嘴、顾家岛、董家河一带看日落时分渔船归港。

为享受自然，也为拍照，坚持着。因为多雾的缘故，真正遇到精彩的日出日落是很难得的。

28日，5:30晨起，我照例向海边走去。秋风挡不住人们与大自然亲近的热情，近处的海滩上已经有四五个人在漫游了。我朝西南侧的礁石走着，看到湿漉漉的沙滩上有一行赤脚的足迹特别引人注目。我晓得，这是一位负责收拾海边杂物的老人留下的。他每日几乎都是第一个来到沙滩上，沿着海水冲洗的湿沙自西向东走过，把沿途海潮留落的残网、泡沫塑料等杂物顺手捡起，集中到垃圾存放处。

走过一片草地，有一大片沙丘。昨夜的风浪把沙丘表面梳理了一番，掩盖了白天留下的杂乱的痕迹。一条破船的骨架半埋在沙丘顶处，在晨曦中它是那样的安详、孤寂，

细微之暖

像是还在做着重返青春的美梦。

来到礁石边，东方已亮起明丽的曙色。雾比前几天都要稀薄，空气显得格外通透。一对青年男女站在礁石上，一边眺望大海一边轻松地聊天。不一会儿，又有一男两女学生模样的年轻人沿着绿道骑着自行车来到这里。那男孩主动自我介绍是石油大学的学生，然后天真地问我："叔叔，今天可以看到日出吗？"

"能！而且今天会是这几天里最好的日出。"我答道。

那男孩大概以为挎着单反相机又拎着三脚架的人一定是阅历丰富的摄影家，问答时眼睛里漾溢着纯真的期待。

听了我肯定的回答，三个孩子更加兴奋起来。他们把推着的自行车停靠在一起，转身向礁石上攀去。

此时的海水又开始涨潮。一波一波的海浪从远处接踵而来，冒冒失失地撞击在礁石上，击起两三米高的浪。浪的飞沫飘洒在年轻人的脸上，引起他们一阵雀跃。我选择右侧的一块礁岩，架起相机开始捕捉这生动的一幕。

六点一刻，旭日如期而诞。丰满、硕大而鲜艳的红日在海平面上缓缓升起，光芒射向天空和海水，在水汽的折射下，朝阳愈显得新鲜淋漓。在脱离海平面那一刻，似乎与海水难舍难分，太阳底部竟形成一道割不断的红艳的水帘与海水联结在一起。三名青年学生忙着拍照留影，不断变换着组合和姿态。另一块岩石上那一对男女却是格外地沉静，他们手挽着手凝望新日升起的过程。此时我已经从礁石上下到海岸边，把她（他）们青春的倩影定格下来。

　　远处的沙滩上早已人影绰绰，海浪依然此起彼伏地欢笑，海风拂面也变得有些温润……新的一天开始了。

2014 年 10 月

细
微
之
暖

在大海边行走

内陆生长的人们看到大海，总是充满憧憬、激动不已。

这次来北戴河旅行，与大海朝夕相伴近十日，终于满足了久有的对大海的神奇向往。

我们的住所就在北戴河海滨的中心区，周边有许多浴场和度假酒店。旅游已进入淡季，游人并不是很多，看不到夏日里人声鼎沸的欢腾景象，沙滩上显得恬适悠闲，正可以迎合我们这些中年人的行旅需求。于是，一有空闲，同旅们便一起到海边散步，虽然多是重复的路途，也不感觉单调。每天为了看日出还会早早地起床，相约到海边等候。

大海在黎明时分总是有一种奇异而冷峻的色调。远处有忽明忽暗的灯光在闪烁，目光所及的景物都静止在朦胧的夜色里。海上传来阵阵涛声，如同一个神秘巨人的呼吸，深沉而持久地重复着。岸边总有人为观日出而早早地光临。我曾在 4:30 起床，用 20 分钟时间赶到观日出最佳处鸽子窝公园，沿途的几处沙滩上都已经有或多或少的游客在翘首以待。清冷的秋风挡不住人们热切的期盼，有些爱美的女子还要着意打扮一番，好在光线最柔和时拍摄最俏丽的形象。也许破晓之前睡在温暖的被窝里是一种惬意的享受，而晨风中充满活力地为新希望而坚守的快乐却也是常人难以体会的。太阳还是那个太阳，潮水和沙滩的存在是那样的刻板，古往今来，却有数不清的文人骚客乃至皇尊圣贤为它热情地歌咏，写下瑰丽的诗篇。

正如任何轰轰烈烈的事情也有低谷和落寞一样，太阳升起来之后，海边也会有一段冷清的时光。人们的热情像潮水一样退去，沙滩上只留下散乱的脚印和浪花的琐碎自恋。鸥鸟成了空间的主角，成群的或成双的在海岸线嬉戏，有空中飞舞，有立足寻觅。某一块礁石会成为它们的驿站，停泊的渔船也成为它们表演的舞台。阳光照耀在海面上，海涛一峰一峰地跳动，发出欢快的邀请。披着白纱的新娘和西装革履的新郎成双成对地向大海走来，他们情不自禁地手挽着手，在这里表达彼此相爱的甜言蜜语，也许下白首相扶的郑重诺言。现代人的承诺远不及古人的坚固。古人一诺千金是一种道德、一种信仰，是走向社会的思想基础，而不仅仅是一种情感表达。今人不得其内涵，不察形而上之高贵，受物质的、欲望的绳网捆绑，承诺变成了一种程式、一种表演、一种渲染自我的手法，其分量已经大打折扣了。他们来海边盟誓并不是要请大海做证，只是想借沧海一角做他们娱乐的背景。摄影师不断用固化的思维任意摆布男女主角，一直到两人笑容僵硬、疲惫不堪才肯罢休。然而，他们为海滩平添了几分浪漫和妩媚，使同样疲劳的行走者振奋一下精神，也就不必去苛求他们了。大海以亿万年的丰富情感和智慧凝视着幼稚的人类，感知人类的变化，无数次地发出欢欣的赞叹和无奈的呻吟。

光阴如梭，太阳像织机的梭子在经纬间穿行，迅忽从早晨驶向正午，再从午时推向黄昏。

黄昏之所以称其名，大概与太阳隐身之前最后的灿烂一跃有关。阳光把天边的云和大地上的山川都染上金色的光彩，万物都陶醉其中。大海也同样接受着太阳的照射，映出一团团、一道道斑斓的色彩，把潮水的激越鼓荡到极致，一波又一波地涌向海岸。那些勇敢的热切亲近大海的人们向浪涛发出阵阵欢呼，毫不畏惧地奔向大海，在风涛之中奋起搏击，引来岸边的观众齐声喝彩。

夜色缓缓落下帷幕，还有成群结队的人们在海边流连忘返，他们点起篝火，尽情地舞蹈，尽情地欢歌，直到燃尽所有的激情。

黄昏，真是一幅壮丽的画卷。星光和月光宁静地欣赏着、欣赏着，不知不觉中成为大海遥远的旅伴。

2016 年 9 月 28 日于北戴河

细
微
之
暖

守望拨云岭

红红火火的柿子是豫西山地深秋的标志。在拨云岭见到挂满红灯笼的柿子树也就不足为奇了。

24日，车行300公里，赶到拨云岭时天色已晚。翌日晨起，推开花筑旅舍的栅栏门来到小村街心，迎面就有一棵柿树。沿路向前走出500米许，在路中间竟然孤立着一棵高大的柿子树，树龄有百余年，根围有水泥圈墙，显然这是村庄现代化建设的遗存。

天空中依然飘着雨丝，浓浓的云雾遮去所有景物的生动。依据高大树冠上果实的分布疏密，和同行的老刘辨识了村庄的方位。站在这棵柿子树下向东北方向俯视，两公里外有一片街宇，依规模看应是潭头镇。

　　西出洛阳即是八百里伏牛腹地。交通闭塞的从前，山民们为了生计也有物资流通或储备的需求。潭头踞于宛洛陕之间，又是伏牛、熊耳两大山脉的分界处，自然就成了这大山深处的一个缢毂之地，渐成繁华市镇。当地人骄傲地赋予"小洛阳"之别称。由于偏僻闭塞，1938年日军攻陷古城开封时，国立河南大学曾迁驻此镇，在这里度过了六年劫难。倏忽百年，世事变迁，当年的陈迹已支离破碎。我曾在镇上问询，多数年轻人对这一轶事呈茫然之态。

　　奔流作家研修班开班时，拨云岭村的掌门人杨来法介绍，20世纪以来，举国倾力扶贫开发，潭头镇已成为豫西地区高速公路网的一个支点。拨云岭村不仅修筑了通往外部的公路，而且104户山民也实现了户户通水泥路。山门一开天地阔，观念引得百业兴。去年，脱贫攻坚完成，已有80%的农户在镇上买了新房，90%的农户还添置了小轿车。眼界宽了，腿脚也长了，千百年来虽鸡犬相闻却老死不相往来的山里人开始向山外走。不知不觉间，拨云岭成了一个留守者的村庄。

　　连续两天都是蒙蒙细雨。我遵循研修班的安排，每天往返于教室和宿舍之间。在阴冷的秋雨中，唯有路边树上的柿子放射出几分温暖。

　　26日午间，雨歇。街心里遇到三个妇人。闲聊中得知，她们是 68 岁的同龄人，儿女们都已经在潭头镇或洛阳市就业落户，村上其他户的状况也都大同小异，平日里天气好的时候，老婆老汉们聚齐也不过 20 来人了。这些留守山里的妇人精神矍铄，言语间毫无落寞或沮丧，反而洋溢出骄傲和满足。

沿街心路向下走，受一棵硕果累累的柿树引导，我和老刘来到一家农户门口。门虚掩着，女主人听到人声打开门看到了我们。相互打过招呼，她热诚地邀请我们进院参观。小院里干净利落，三间正屋是典型的豫西山乡民居。东西两侧各补建了一间房。女主人说是为了方便儿女们回家时住。正对着大门还有两间偏房，一间是灶屋，另一间是附卧。女主人非常自然地演示了沼气灶的使用，看来沼气技术在山民中应用已经十分成熟安全了。

我探问家中人口，女主人说："当家的到嵩县去炕烟了，一个闺女出嫁了，两个儿子都在洛阳成了家。家里只留自个儿，还有一个孙子。"

得知老刘上火，女主人径直从偏房里抓出一把连翘壳送给他，嘱咐说："这是自家在山上采的，回去直接泡茶喝，清热去火，一喝就见效。"

告别时，女主人送我们临出门，又兴奋地说起她家院子里树上结的梨和院外树上结的柿子有多么甜。山民的憨厚朴实再一次深深地烙在心底。

27 日早起，爬上一个小山包，上有拨云阁。大约 6 点半日出时分，东方露出一抹亮红的曙色。这抹红亮唤醒了山间的云，随着云的浮动升腾，我第一次瞻望了拨云岭的真容颜。

花筑旅舍坐落在一个孤独的小村庄里，小村庄镶嵌在一条弧线形的山岭上。这条岭就是拨云岭。

从拨云阁远眺，东西南三面环山。不是日常里想象的那种山，其巍峨挺拔超乎想象，其郁郁葱葱超乎想象，其云雾缭绕亦超乎想象。也许是我孤陋寡闻，这远山的气势不曾在近现代书画作品中见识过，也不曾在明清绘画作品中领略过，只是从北宋范宽的《溪山行旅图》里似乎有所体察。这就对了，范宽，陕西华原人，无论他奔北宋的京都汴梁去拜师访友，还是从中原归终南山去隐居，也许都要路过这一带。他是否得此地山势的启悟，受此地云水的浸润，也就不得而知了。

亿万年中，这些险峻的大山就是森严的壁垒，阻挡了山里人的视线，也阻挡了山民们的步伐。一代代山民繁衍生息在这里，他们不敢奢望走出这大山，只能像那棵老柿树一样，伫立在沟坎峁梁上向着有限的远处眺望，在无聊的星夜里想象外面的世界。我曾经问询过那些老人，为什么不随儿女进城或到镇上去生活呢？他们似乎意外地互相望了一眼，又几乎是一致的回答："这是我的家嘛！"这

细微之暖

浓浓的豫西口音一下子提醒了我：我们都应该守住自己的家呀！

29日，天终于放晴。太阳轻盈地拨开了那些云雾，山间景物清新如洗。是夜，我又梦见了那棵柿子树，满树红红的叶子和果实齐刷刷地往下漏。末了，这棵树竟长了腿脚，登上了那座拨云阁。在告别拨云岭的路上，我回望着它，它也眺望着我。

2021 年 9 月 30 日

览
胜
迹

感世情

清 晨（毛合民 绘）

为新时代放歌
——2017 年新春感言

　　在新中国七十华诞来临之际，站在历史的高岸回首过往、放眼未来，我不得不放声欢呼：这真是一个好时代啊！

　　我很庆幸自己生长在这样一个时代，也感恩先辈们为创造这样的生活而付出的奋斗和牺牲。

　　我爷爷的爷爷那时候，有一个大汉每天都在世间流浪，找不到自己的方向。即使外村来的小孩子都敢唾他、骂他、侮辱他，甚至逼迫他缴出自己讨来的馒头，或脱下不能保暖的衣服。这个大汉叫中国。八国联军两次来掠夺，中国军民以十倍百倍的牺牲去抗争，末了都是任人宰割。从鸦片战争到辛亥革命大概半个多世纪期间，这个大汉被迫与世界列强签订了上百个一千多条不平等条约。谓之不平等，就是别人可以随意到我们的家园吃喝拉撒烧杀淫掠……我曾在大英博物馆看到数不胜数而精美绝伦的青铜和青花，但我只能用泪水掩饰内心的委屈。那是一百多年前中国社会状况的真实记录。

父辈们曾经告诉我，我的太爷爷和爷爷都是50多岁病逝的，临终所染也只是今天看来并不难治的肺痨之疾。我爷爷兄弟五人都是在十几岁时就给大户人家扛长活。四爷爷个子小，外出当长工时还没有富贵人家的锅台高，往锅里加水还要搬一个凳子垫着。他们吃的苦遭的罪现代人已经难以想象了，说出来也不会有几个人相信。资料记载，那个时候四万万中国人中，百分之九十以上是不识字的。列强劫掠之后的中国满目疮痍，军阀混战之余到处匪患猖獗。老辈人讲过，老家一带有一个很有名的戏班，大白天演出中都会有土匪拿着枪去欺辱名角花旦。可想而知，那是怎样的暗无天日、民不聊生。现在有几个高贵的西方绅士天天在大讲人权，那个时候他们还不是绅士，他们以别人的苦难为乐，开着汽车在十里洋场任意逍遥，还在他们占据的花园前挂了牌子，上书"华人与狗不得入内"。

我父亲姊妹五人，他是爷爷奶奶们勒紧裤带最先供养读书的。小学在离家五六里的王岗寺上，初中在离家30多里地的河上街上，也就是现在的市二中。18 岁的父亲在漯河上学时，每星期都要靠自己的双脚回家一次，不单单是看望家人，主要是回去背口粮。一次背一口袋豆糁做的窝头，是他一个星期的干粮。冬天，豆糁窝窝坚硬难啃。夏秋季节，豆糁窝窝不耐存放，表面长出一层白毛（霉菌）却不能扔掉，不然的话只能饿肚子了。他只好到沙河堤大槐树下的茶摊上用开水冲一冲、泡一泡再吃。茶摊上的开水没有钱买，好在摆摊的人需要人挑水，这好事就让我父亲抢着了，每天从沙河里挑上来十担水可以免费喝白开水。父亲的学业就是用这种办法维持了一年多，直到 1951 年秋遇上招干参军而止。父亲入伍后并未按原计划奔赴朝鲜战场，而是在中国人民解放军这个大熔炉里接受了世界观的改造，成为一个忠诚的革命干部。他经历了共和国成立以来的每个阶段及种种际遇，寿至 86 岁高龄，一直坚守着自己的信仰和年轻时所选择的人生准则。

历史是不能割断的。我们观察百余年时间长河的前后两个截面，不难发现这是天翻地覆的变化。三十年前读胡绳先生的《从鸦片战争到五四运动》，我知道为中华独立于世界民族之林，有一大批仁人志士孜孜求索而不断，前仆后继而无畏，曾国藩、张之洞、林则徐、洪秀全、梁启超、谭嗣同、孙中山、黄兴，他们是民族的精英，有铮铮铁骨，也不乏超凡智慧，然终未能达夙愿。直到五四运动给我们送来了马克思列宁主义，才使李大钊、陈独秀等一代有远见卓识和革命胆略的知识分子从茫然探索中惊醒。曙光给沉睡中的人们以最好的昭示。古老的土地上，历史做出了庄严的选择，中国共产党应运而生，中华民族开始走上一条新的命运之路。

历史也不容忘记那些跌宕起伏的细节。中国共产党诞生伊始就踏上了一条前人没有走过的路，荆棘丛生、豺狼当道、曲折崎岖，但她以救国救民为己任，不怕困难、不怕牺牲、不怕失败，一次次从屠刀下重生、从呻吟中挺立，与帝国主义斗争、与反革命势力斗争、与内部的左的或右的错误思想斗争，不断开辟前进的征程，直到取得胜利。翻阅共产党的历史，可以揭开一层层迷雾还原曲折的真实。党从建立伊始，有过种种失误，早期或左或右的机会主义、"左倾"的冒险主义和教条主义，都几乎葬送党的生命。后期的冒进、动乱也给建设和发展造成了严重的损失。然而纠正这些错误依靠的不是别的力量，是共产党自己。中国共产党为什么能够不避讳自己的错误而且能发现并改正自己的错误呢？因为她是用共同信仰而团结起来为远大理想而奋斗的政党，在鲜血染红的旗帜上书写着自己的庄严承诺：为中国人民谋幸福、为中华民族谋复兴、为世界谋大同。党团结奋斗，既不是为少数某几个人的，也不是为哪一个集团的，她始终以人类解放、社会发展、文明进步为奋斗目标。中国共产党具备与世界上其他政党所不同的这个特质，是马克思列宁主义理论武装的结晶，我们也不能不感谢华夏民族世世代代创造和传承的优秀民族文化的滋养。数千年以来，"世界大同""天下为公"已成为中华民族梦寐以求的精神信仰和理想家园。

今天，遍布全球的每一个炎黄子孙都为祖国的发展成就感到自豪。十几亿人口从食不果腹、家徒四壁发展到全面小康，工业体系从无到有并成为制造大国，又开始向智能制造迈进，高铁走向世界、飞船冲向宇宙，中国文化也越来越被世人所信任。怎能不庆幸生逢盛世呢？当然，我们还刚刚走出贫穷落后，刚刚迈入安定和谐，身边还有一些不尽如人意的不充分、不平衡，但我们心怀梦想，已经走上一条平坦广阔的道路，我们有理由相信祖国将日益繁荣富强，人民生活将更加美好幸福，十四亿多人的伟大梦想一定能够实现。

生活在这片土地上的人们啊，让我们纵情歌唱吧！祝福中国，祝福人民，祝福未来！

感世情

读书的三个阶段

我身边有许多爱读书的朋友。若问为什么要读书？回答会是见仁见智、异彩纷呈的。我以为，喜爱读书的人归根结底都是追求美好人生的人，但读书对于生活的意义是有阶段性的，即少年读书为益智、青壮读书为功用、老来读书为怡情。

少年儿童是发育身体的时期，在健全体魄的过程中，智力也开始发育，当然情感也随之培养丰富起来。在这个阶段，读书以开发智力为主要目标。所以，只能引导他（她）读一些简单有趣且能增广认知的书籍，却不可以强迫灌输那些深奥佶屈的知识。能够让孩子产生读书的兴趣而不是逆反的情绪，便是家长和老师的成功了。现在大多数人成年后还熟记着"鹅鹅鹅，曲项向天歌"的诗句，恰是佐证了这一点。

人进入青年时期，就开始有了自己的梦想。梦想多是从兴趣爱好出发的，当然也和家庭背景、成长环境相关。壮年后更是明确了方向的舰船，一定要勇往直前地启航了。故于此，青壮年读书主要是为事业发展打基础、定方向、蓄力量。我们不可能想象一个从事现代农业技术的人天天都抱着天体物理学去钻研，也不会赞同一个语文老师把大量的时间和精力用在攻读核动力航母的资料中去。当然，如果有特殊的天赋却又暂时入错了行，那就另当别论了。

老了为啥要读书？我是受了我很尊敬的一位老师的启示。

一次老师与学生餐叙，席间有同学天真地问："老师，你将来退休了干啥？"

老师答了两个字："读书。"

同学不解，又追问："退休了为啥还要读书？"

老师说："读书是为了让自己快乐。"

我那时候正踌躇满志，对这段对话也不以为然。随着年龄增长，越来越觉得吾师讲的是箴言。人老了，通过阅读保持良好的思维状态是一个方面，更重要的还是要通过

感世情

阅读与自己的过往进行梳理、交流、总结、补充，这大概是追求至善至美人生的一条捷径了。

如果有人认同愚这个阶段论，说明我们是愿意活到老、学到老，用读书伴此一生的同道。

2018 年 1 月 29 日

细
微
之
暖

教孩子正确对待挫折

　　任何一个人的成长，抑或任何一件事物的发展，总少不了挫折。考试考砸了、恋爱分手了、创业失败了，乃至烧饭烧煳了，都是一次挫折。然而，有的人能正确对待，有的人却是消极地对待，其结果会大相径庭，对待挫折的态度和方式，甚至可能会影响人的一生，尤其是年轻人。

　　一个朋友的儿子谈了个女朋友。两个年轻人初见，彼此印象很好，每天都处于心花怒放之中。不久，男孩儿提出带女朋友去见自己的亲戚，女孩儿拒绝了。男孩儿不悦，下定论：这女孩儿是女权主义者。两个人从此不再来往，并陷入了失恋的烦恼之中。依我看来，恋爱初期本应是两个人之间的来往，互相观察、交流思想、培养感情。只有两个人互相了解了，有了一定的感情基础，再去见亲戚也许更合适。再者，女孩子的矜持应是与生俱来的，是传统女性的美德，在当代却是难得的。所以男孩子以及他的父母能否想通这些，是决定恋爱关系发展的关键。

昨天，女儿发微信说："户口终于交上去了，等审批了。"我知道这一阵子她正在申请把户口迁到上海。在上海入户肯定是一件极不容易的事，前段时间还让我从漯河补充了一些户籍资料发过去，而且得知已经递过几次申请资料都被退回了。

为了安慰她，我在微信里劝道："不需太在意，顺其自然吧。"

女儿说："鼓励鼓励呗！"

我便又补充一句："祝心想事成！"

顺其自然其实是想告诉她还可能有反复，要有迎接挫折的准备，但年轻人更希望得到鼓励。心想事成是一种幸运，但一帆风顺的概率是很低的，统计学上称为小概率事件。所以，心想事成只是一种增加信心的祝愿。

现在有些年轻人从小是在父母甚至祖辈的呵护下成长的。上学时有人接送，有人掂书包，下雨天甚至有人打雨伞，必须经历的事情也多由长亲们包办，独生子女的独立

性又比较强，所以摔跤较少，挫折较少。如何面对失败和
挫折，实在是个普遍的重要问题。

2016 年 4 月 30 日

大学生应该关心大事

大学生应该关心大事。如此，将来才能有担当、有作为，国家才会有美好的未来。

何谓大事？其实，大事都是与你有关联的事，而不单单是你个人的事。

如大人的事。父母的辛苦，爷爷奶奶外公外婆的健康，你是不是应该了解和理解，用心去体会？

如大家的事。你将从家庭生活为背景走向社会、走向以集体生活为背景，如何与同学相处，如何融入班级和校园，塑造怎样的大学生形象，你是否有过思考，有所准备？

如大众的事。大学生毕业后将担负着为国家为社会尽义务的使命。是不是该对中国社会的发展变革有所认识，从中寻找自己应扮演的角色，为走向社会、奉献社会做精神的技能的储备？

如大视野的事。大视野至少要广览千里之外，纵观百年之内。历史文化是民族之根、之魂、之力，需要前仆后继、代代相传。生态环境是人类赖以生存的基础条件，决定着我们和我们的子子孙孙能不能健康快乐地生活，与每一个人息息相关。文化传承和生态保护的问题，必须是社会精英层要负十分责任的问题。你有没有勇气担当？

大学生，时代骄子，社会中坚，是一定要有理想和抱负的。关心大事就是实现理想和抱负的良端。如果没有理想和抱负，那就尽情去自我娱乐罢了！

2017 年 9 月 16 日

感世情

关于沟通

我们的生活、工作和社会交往中总是会遇到各种各样的矛盾和问题。在处理这些矛盾和问题时，你、我、他（她）往往会有不同的看法和不同的方式方法。为更好地处理矛盾和问题，必须加强沟通。

沟通就是通过认真倾听别人的意见并努力去理解接受，同时针对同一问题采用易于各方理解的方式提出自己的观点和方案。关键点在于认真倾听、理解接受和方法适宜。

认真倾听，首先要让人把话说完，并真心地把别人的意见和建议弄明白。做到这一点需要善良的品质和真诚的态度。

理解接受，核心是理解，而且要主动理解而不是被动理解。主动理解的途径有三。一是逻辑判断，即判断出对方的表达是否符合形式逻辑，符合的成分占多少。如果基本符合即应予以首肯。如果部分符合也应对符合部分给出赞同。我们在这方面容易犯的错误是，不按逻辑思维去判断，而且过分地去关注对方的身份、态度和语言表达。二是情感判断，即弄清楚表达者与表达主题的关系。角色不同决定着对事物的利害关联程度不同。这对于理解各方的需要及表达方式也是很重要的。三是背景判断，即弄清楚他（她）为什么会这样想？这往往和表达者的成长环境及生活阅历有关。

方法适宜，就是因人因事制宜，照顾各方权益。切忌以权威压人、以权力逼人、以长者训人。

我还以为，1. 条条大道通罗马，真理是唯一的，但方法途径不一定是唯一的。2. 冰冻三尺非一日之寒，化解矛盾也不必急于求成，有些纠结缓一缓也许就豁然开朗了。3. 子曰：礼之用，和为贵。

感世情

好事者说

曾经有一个时期，网络上盛传一些唱衰中国、污蔑英烈、蔑我自尊的段子。近一个时期，通过网络的治理和正能量的集体发声，情况有所改变。但是，另一些伪装更深的网络段子仍然在花样翻新、沉渣泛起。诸如《"英雄战士"刘学保的骗局》《草原小姐妹遇险和被救的真相》《不阅读的中国人》《中国人是世界上少数没有信仰的可怕国家之一》《中国不敢公开的大数据》等等，甚至编造"洋人是解放中国的天使"，编造出"人造假鸡蛋""打针西瓜""生蛆橘子"等假消息，混淆视听、蛊惑人心、扰乱社会。其目的无非就是污名英雄、污名政府，颠覆历史、消亡文化，让中国人的自尊、自豪和自信崩塌。对这样明显偏颇且含有恶意的网络文章绝大多数人是有鉴别力的，置之不理任其自生自灭也就罢了。可往往就有一些人出于好奇或无知或者别的目的热衷于传播这类文章和段子。

我改不了好事的习性，忍不住又要说几句了。

70 年来，中国的天翻地覆的巨变是有目共睹的，中国人民精神面貌的大改变也是有目共睹的。中国再也不是那个任人奴役、任人作践、任人瓜分的弱汉了。不争的事实让中国人民尊严和信心倍增，对自己所走的道路充满自信。与此相反，倒是那些曾经在奴役、作践、瓜分中国中尝到了甜头的少数强人心生龌龊，不甘于自身的颓废，就使出祖传的无赖招数向昂首阔步的中国发动攻击。他们实在无力抵挡复兴者的坚定步伐，就只有翻找曾经的历史不足、盯着现实生活中不和谐的人和事大做文章，甚至颠倒黑白、搬弄是非、造谣中伤。

众所周知，社会发展是有阶段性和周期性的，曾经的辉煌不代表永远辉煌，曾经的强盛不代表永远强盛。辉煌时不居高自傲，强盛时不欺负弱小，这是中华文明教会我们的处世之道。在复兴的路上，提出构建人类命运共同体的倡议，就是表达了中华民族与四海之内和谐共荣的愿望。曾经创造过辉煌的帝国现在有些出现了停滞或是颓废，有其历史的根源，也有其现实的窘迫。需要站在历史的高岸

感世情

去审视和反思才能启悟和积累新的智慧，进而创造新的辉煌。用愚昧或野蛮的手段化解自己的焦虑只能是抱薪救火、自取其辱。

平心而论，好人和坏人到处都有，关键在于是好人多起来坏人少起来还是反之。这是我们判断一个社会进步与否的尺子。出过国的人都知道，有些曾被标榜为文明典范的国家里，如今到处有流氓小偷无赖。昨天，我夫人和另一位女士在 RS 的旅行车上还被一个卷毛的男人占了座位。美国不也一样吗？杀害章莹颖的凶手手段何其残忍，在法庭判决有罪之后还在撒谎，一副十足的流氓相。这些也许是个别案例，不足以说明孰进孰退。但如今的中国人民已经实实在在感受到自己在向着富强、民主、和谐、文明、美丽的目标迈进。

中国是一个发展中国家，我们的成就是中国人民团结奋斗得来的，不是仗着坚船利炮抢来的，也不是偷来骗来的。我们还有这样那样的问题和不足，我们的领导者已经保持着高度的清醒。如果忽视问题盲目讲成绩就会犯"左倾"冒进的错误，如果不讲成绩而肆意渲染陈弊，就会使国家失掉自信。在中华民族伟大复兴加速的节点上，强调自信既有历史依据，也是为了鼓舞士气。而恰恰在这个时期，那些网络黑手、大 V 和公知们贩卖的是灭中国人自信的货色。明白人无须赘言：这是一场斗争，严重点儿说是一场网络战争。而那些揣着明白装糊涂的人却往往会闭上一只眼瞄着白皮肤的脸色亦步亦趋、摇旗呐喊。当然，也有一些人是真糊涂，他们只计较个人得失，如意时是一张面孔，不如意时就换了另一副嘴脸。还有一种糊涂是习惯了拿着西方师傅教会的尺子衡量当下的中国，岂不知"郑人买履""刻舟求剑"已经贻笑千年。

真正有良知且爱这个国家的人们要擦亮眼睛、团结起来呀！

旧话重叙

细微之暖

2019 年 10 月 9 日，一个朋友问我莫言获奖后的争论是怎么回事儿？我作了以下回复：

中国的文学有中国传统文化道德的标准。莫言的小说呢？他实际上代表了近现代以来，中国文学界的一种现象，就是在模仿西方的荒诞主义的手法来描述他心中的世界，这跟中国传统文化的道德标准形成一个对立和矛盾，但符合西方人的审美标准。所以说莫言获奖了，但是莫言的作品并不符合中国传统的文学审美。而且荒诞主义手法是一种极度夸张，甚至是变态的描写方式，就像毕加索的画，往往会超出或者叫扭曲社会现实。批评莫言的人认为莫言的作品歪曲了历史事实而丑化了中国人和中国文化。

就好比中国的传统国画在画一个苹果的时候，强调的是神似，远远的看去，是苹果的那种气象或我们想象中的那种状态。但是毕加索画苹果的时候，他可能会把它画成方的或者是一个不规则形态的。中国人看了国画中的苹果就很舒服，觉得它符合自己心中的意象，对毕加索的苹果就会不以为然。所以审美取向在每个人心里面，受先天文化的熏陶而形成。但是一些学习和接受西方价值观和审美的艺术家们可能看到毕加索的苹果会大加赞扬，认为它抽象、抓住了个性或是表现出了画家的创作心理。

多数国人强调，艺术要重视社会效果，但西方人强调艺术要张扬艺术家的个性。这是最根本的区别。马克思主义的文艺观认为文艺作品反映社会，而且会反作用于社会。这符合中国人传统的观念，艺术作品要歌颂真善美，鞭挞假恶丑，要反映社会的总体面貌和趋势，而不能为作品而写作。所以，德国人占领法国的时候，法国的一些艺人和歌妓还在与德国的士兵们打情骂俏。而日本人占领中国时，梅兰芳、小彩舞等一大批艺术家宁死都不会为日本人演出。

随着中国国力的增强和中华文化的复兴，在可以预见的未来，还会有更多的中国人在世界上获得荣誉。如果有下一位中国作家获了诺奖，同样会出现这种冲突。这恰恰

感世情

说明，文学是思想的成果，需要用思想的方式去衡量。但冲突也是一种交流方式，冲突多了才能引起普遍的反思，最终使相互的包容逐渐扩大。

今天恰好看到这段话，觉得有必要记录下来，干脆就公之于众，以求商榷。

细
微
之
暖

『厉害』与『不厉害』

近期，中美经贸战成为舆论的焦点，引起了国人的广泛关注。在舆论潮中，有两种腔调几近对立，就差有人竖旗挂帅、列队叫阵了。这就是围绕着我的国"厉害与不厉害"的争论。

其实，我的国厉害与不厉害是一个问题的两个方面，都是相对的，而非绝对的。说我的国厉害，是相对于过去，相对于历史的。我们曾经偌大的身躯遭人凌辱却无还手之力，那个时代已经过去了。说我的国不厉害，是相对于世界经济科技发展的不平衡，我们还没有或不能在所有的领域都进入领先水平。

"厉害了我的国"，是说近几十年来，中国的经济科技乃至综合国力有了长足进步，这是不争的事实。事实胜于雄辩。从废墟中站立起来的中国人民经过长期探索和奋斗，改变了一穷二白的面貌，而且在许多领域创造了人间奇迹，取得了举世瞩目的成就。这是值得骄傲和自豪的，是我们"道路自信、理论自信、制度自信、文化自信"的基石。在中华民族越来越走近世界舞台中央，实现伟大复兴梦想的现阶段，我们需要坚持和巩固"四个自信"，以团结和鼓舞海内外中华儿女共同努力，创造更加美好的生活，更加美好的未来。但是，展示成功的目的是要总结经验、认清前程、增强自信，再图贡献，而不是为了炫耀实力。老祖宗告诉我们"四海之内皆兄弟""天下为公"。不管有多厉害，不称霸、不逞强、不欺负人，这是祖先留给我们的千年大智慧，是做人的准则，也是立国的准则。那种认为强盛了就要说了算，就要呼风唤雨，谁不听使唤就可以吹胡子瞪眼拍桌子，甚至可以拳脚相加，是何等的幼稚和浅薄呀！

　　说"我的国还不厉害"，也是为了让国人冷静地认识国情、认清差距，奋发图强、努力赶上。历史已经证明了中华民族具有居弱图强的精神，几十年走过的路程也证明了，中国人并不笨，是可以在一些领域后来居上的。所以保持清醒不是妄自菲薄。在某些自媒体里，竟然有"我们敢跟M国竞争吗？敢向M国应战吗？"这样的奇谈怪论。这不禁使

细微之暖

我想起 80 年前那个可悲的年代，也似乎看到了那些曾经可憎又可怜的嘴脸。

网络是个好东西，人人都可以发表言论，实在是一个大进步。但网络就是个舞台，谁都可以跳将上来献演一番，既有技艺高超者呈现风采，教泽芸芸，也有自以为嗓门儿高就有好膏药者，或挟几个喽啰称大王者，此类实在是目光盯着众生而用心在别处。缘于此，习惯从网络开眼界的人们也需要先把眼睛擦亮，学一点辨妖术，不要看到了什么新奇就以为是灵丹妙药，尤其是自己知识范围以外的东西，避免人云亦云、鬼云亦云。

有感而发，不吐不快，切勿对号入座。

2018 年 7 月 30 日

感
世
情

妄自菲薄当休矣

受历史和环境的影响，东西方文化存在差异，归根结底是价值观的差异。人类早已认识到文化同自然一样具有多样性的特征，这种多样性是和谐并存、相得益彰的（联合国设立了专门机构和组织不仅保护生物多样性，同时也保护文化多样性）。

然而，随着以东方为代表的一大批曾经遭受殖民统治的国家和地区的崛起，一些西方政客开始焦虑了。他们用各种方式和手段来宣泄自己的焦虑。中国崩溃论、中国"威胁"论、文明冲突论、"普世价值"观诸如此类的论调接踵而来，他们假借文化交流、学术交流的名义，把阴谋植入冠冕堂皇的故事，以欺骗那些骨子里缺乏自信的人们。我们常常在微信里看到这一类东西如潮而来，常常听到周围那些把西方文明奉为圭臬的道士们侃侃而谈。全然不顾自己生活着的现场所发生的巨大变化，全然不顾绝大多数中国人民怀揣梦想不懈奋斗的生动历程，也全然不顾那些遥远的辉煌正在没落的现实，津津乐道的就是西方文明的神圣和自己老祖宗的卑微。甚至某些微信公众号上总在讲西方人的真善美和中国人的假恶丑，他们向东方文化开刀，把所列举的中国或中国人一切的缺点和不足归根于中国文化。我不想说是无知、偏见或恶毒的，但至少是不客观、不公正的。

西方文化中真的充满了善吗？印第安人和毛利人曾经是北美洲和澳洲的原住民，为什么他们会在自己的土地上被大肆屠杀？非洲的土著民族被贩卖、奴役、屠杀、隔离数百年，以致失去了自己的文化、语言、土地和矿产。即使在当下，世界上哪一处战争灾难不是那个被西方奉若灵丹妙药的"文明冲突论"的恶果。伊拉克真的有大规模杀伤性武器吗？乌克兰真的走向了民主和繁荣吗？阿拉伯之春真的给撒哈拉之角带来一隅偏安吗？

中华民族是善于向世界学习的典范。中国历史上不乏向世界学习的先驱，张骞、玄奘、郑和都成为沟通东西方文明的使者。鸦片战争之后，国人中的有识之士清醒地认识到我们与欧洲在科学技术和思想文化方面的差距，提出了"放眼看世界"和"师夷长技"的思想。五四运动以来，又有一大批优秀的中华学子远渡重洋奔赴西方取经。欧美的文学艺术带给世界美好的享受，西方的科学技术为经济发展插上了腾飞的翅膀，许多发端于西方的先进文化给了我们智慧和力量。我并非排斥西方文化，我反对的是片面的崇洋媚外和罔顾历史事实的妄自菲薄。历史上，中华民族曾独领风骚数百年，当下正走在伟大复兴的征程上，我们吸收借鉴过许多人类文明的经验，但"根和魂"终归是我们自己的。老祖宗有句大实话：事实胜于雄辩。

去年春，我曾到了非洲，走过饱受屈辱的原野，站在好望角之巅，心中油然而生一种感慨：如果不是无数仁人志士前仆后继、不屈不挠的百年抗争，中华民族也许像非洲多数国家一样沦为了殖民地。如果真是那样，具有5000年历史的中华文明才是真正的灭顶之灾，那将是人类的悲哀。

我的感慨不是一种庆幸，而是一种自豪，为先辈们不畏强权、敢于抗争直至夺取最后的胜利而自豪。在实现中华民族伟大复兴的征程上，我们更加需要这种自信和自豪。

2019 年 12 月 15 日

鸳鸯·玫瑰·票子

爱情是人世间最美好的感情，崇尚和追求完美的爱情是人生不可或缺的过程。

中国人也崇尚爱情，从古至今有多少真爱的典范已不胜枚举。我曾翻阅过一些古代县志，其中就真实记录着许多忠贞爱情的故事。民间传说里还把人间的欢爱扯到了玉皇大帝家里，演绎出牛郎织女的故事，那么浪漫而动人。文人墨客更多情，为爱情写下了无数的瑰丽篇章。鸳鸯就是中国式爱情的象征，一生一世不分离，恩恩爱爱到永年。渴望白头偕老强调了实实在在的生活，而不仅仅是一段浪漫的过程。所以，中国人的传统爱情是执子之手，是举案

感世情

齐眉，是男耕女织，是相扶相依。

　　曾几何时，我们开始大肆接受外来的文化，也不乏对西洋人爱情生活的好奇。于是，情人节逐年风行。一管之见，西洋人的情人节更注重表白，享受的是一个浪漫的过程，不在乎礼品的轻重，赠一束玫瑰就是最好的寓意。情人节进入中国也恰逢重商主义盛行，于是乎，商人们窃喜，他们由此又多了一个谋利的噱头。而且为了商业的利益不惜突破情人节的本来意义，既大肆渲染着物欲，也无底线地怂恿着人欲。舶来于西方的情人节原本是因忠贞爱情而诞生，然而因为文化的差异，到了中国就变成了畸形儿，除年轻人借此宣泄浪漫情怀外，也含混着对暧昧的情人关系的公开兜售。这岂不是令人担忧？更可忧的是少数文人（包括媒体、艺人和写手们）不谙世相，以泛娱乐化的心态对待一切，为文而文地争相摇臂，起了推波助澜的作用。

　　毋须讳言，（偷情或乱伦）这种暧昧的情人关系古今有之，中外贵贱皆未能根除，是社会发展到一定阶段的现象。然终非堂而皇之的行为，因为它是扰乱家庭和社会关系的不善因素，所以即使有过这样行为的人也应是内心自责而不安。但如今，2月14日这个日子一来，众人皆欢，就像封闭的幽灵获得了自由，人们言谈话语之中虽多是调侃和宽容，却也包含着一定的默许或怂恿。这种现象对我们中国儒家传统思想的"慎言、慎行、慎独、慎微"理念形成了有力的冲击。这不能不提到文化的高度来警示一下。

　　但愿那些陶醉于其中的商人自律、情人自醒、文人自觉。

2018 年 2 月 14 日

感
世
情

杂文二则

"淡"和"舒"

　　1 月 28 日下午，到甘露书院品茶，讲道的师傅指导一众茶友品鉴了三款乌龙单枞。在茶香浸润的雅室中交流感悟，主持人提议每个人选两个字表达对 2017 年的记忆和对 2018 年的期盼。我选择了"淡"和"舒"。

　　2017 年可谓哀伤之年，岁逾八秩的双亲不断染病住院。父亲未能逆命运之舟终于在立秋之后乘鹤西行。家严弥留之际，不断念叨想念他妈妈了，我便在冥冥之中坚信父亲一定是去找奶奶了。他正在母亲的身边享受着新的天伦之乐。这样的感觉冲减了心头的悲伤，却也实实在在地告诉我人生无常，任何人也逃不过回归来处的宿命。经历了这场沮丧的过程，使我更加珍惜人生，而珍惜人生最简捷的方法就是看淡生命、看淡自我、看淡那些虚妄的功名利禄。但是，看淡并非虚度，而是要更自然、更真实地走好人生路，做一个有质感、有价值、有趣味的人。

2018 年，我和普天下的人一样，将追求更加美好的生活。我想要的美好并非挣更多的钱去扩大消费，也不想在别人羡慕的目光中逍遥快活，而是要让自己的工作、生活乃至精神上更轻灵、更舒展，从而以积极而达观的态度对待每一个人每一件事。

我知道我的追求并不高尚，但是要真正实现却也不是那么容易的。

多此一举的借题发挥

感冒是个贼病，它天天都在空气中游荡，乘人不备就会偷袭一下。两种人往往容易中招。

一种是大大咧咧、不以为然的人，仗着身体好，凡事不在乎，寒流来了或风热去后均不设防，小贼便顺势而袭之。

另一种是自认为感冒只是小毛病，能奈我何者，尤其以不怕感冒和不会感冒自诩者。上一场雪前，感冒已经开始传播坊间，见若干熟悉的人患了此症且颇为顽固，我就暗自庆幸自己没有被侵染。虽然我自悟在感冒面前不能夸海口，但是看到两场雪已过，感冒应该被驱逐出境了，遂有些侥幸起来。今晨起，咳嗽、痰涌、头懵，我意识到，这贼子不依不饶地乘虚而来了。

其实，世间还有许多事都堪同此理。如看到有行人在冰雪路上滑倒，只是笑滑倒的人蠢笨，没有惊心自己也会滑倒；邻家孩子学坏了，只为之惋惜而不是自省自励，认为自家孩子绝不会趋同；听说某同事同学或不关己的人犯了错误，只想到咎由自取，而不去探寻犯错误的原因和历程，从而避免覆前车之鉴。

话说到这里，不由自主地又想起了《阿房宫赋》和《甲申三百年祭》。

哎！原本就是感冒的小小话题，却被我越扯越远。清者自清，浊者自浊，我何苦要牵强附会地借题发挥呢？

2018 年 2 月 4 日

忆故人

凤凰之魂（毛合民　绘）

星城晤面成追忆
此生何处再逢君

听到袁隆平院士辞世的消息，我正在主持"我爱中华优秀传统文化"演讲比赛的评委工作。我多么想在随后的新闻平台上看到再次辟谣的消息啊！但权威媒体已经公布了。我悲痛难已，随手写下七言悼念诗一首：

沃野千里正小满，
谷神一振赴九霄。
星城晤面成追忆，
江淮悲流顿滔滔。

随后，我提议在场的老师、同学及全体来宾起立，为袁隆平院士和吴孟超院士的逝世默哀一分钟，偌大的礼堂内顿时响起一阵唏嘘悲泣声。十二年前，长沙拜会先生的一幕便浮现在我的脑海中。

2009 年全国春季农田管理现场会在漯河召开。其间，我结识了来自长沙的湖南省农业厅程先生。陪同的间隙，我们各自交流了引以为傲的地方文化。无拘无束的交谈中，程先生邀请我去长沙做客。我不自量力地提出一个条件：若有机会去长沙，请引见拜访袁隆平院士。程先生欣然应允。

当年 4 月 19 日，我赴浏阳参加国际烟花爆竹博览会，途中想到程先生的邀请，便试探性地联系了他的秘书，没想到程先生非常诚恳，竟记得我们的约定。21 日下午，程先生打来电话告诉我：可在 24 日赶赴长沙，上午 10 点拜见袁先生。

24 日一大早，我们从浏阳驱车西奔，在湖南省农业厅大院与程先生会合。按照前期的约定，10 时准时赶到湖南杂交水稻研究中心袁先生的办公室。虽然久仰先生大名，又是初次相见，但先生的殷殷笑容让我们一见如故。

我直截了当地表达来意："我今天可是来拜访天上的星星！"

先生对曰："他们把我放在那个地方，上也上不去，下也下不来。"

浓重的湘赣口音更显得风趣幽默。

我把随身所带的许慎《说文解字》线装本呈送给先生。

先生调侃说："这可是非常珍贵的，但是我可能看不懂。"

我告诉他："许夫子生于漯河，长眠于古汝之滨，书中记载了许多古代农耕的工具和技术。"

先生喜形于色，说："那太好了，我要好好的珍藏，抽时间也要拜读一下。"

袁先生虽是大家，贵为云外星宿，却无半点做作，我们一行的紧张局促也自然就化为乌有。我聊到了他所开的那辆车，他说那就是个代步的工具。我又提起他在中央电视台节目中演奏的小提琴，他爽声大笑，戏谑道：

"啊！我年轻上大学的时候学过小提琴，已经很长时间没有再操琴了。为了增加节目的趣味性，他们让我再拉一段。我那个琴声跟杀鸡差不多。"

我向先生介绍了漯河历史文化和经济发展的一些状况，随后邀请他参加当年 5 月份举办的漯河（中原）食品博览会。先生略作思考，告诉我，按照计划他只能等到 2010 年秋才有可能到河南商城去，因为在那里有一个杂交稻新品种的栽培实验项目。闻听此言，我顿觉惭愧，方意识到先生的行程以年月为计，时间是以分秒为计，我们做这种无谓的拜访，实在是对先生的一种冒犯。

10 时 40 分，已超出了约定的时间，工作人员来提醒。

忆故人

我看到先生办公室挂着巨幅的超级杂交水稻的照片，便拜请先生合影。先生慷慨起坐，一一满足了我们的心愿。袁先生如此平易近人实在令我难以置信。他是当世名流，还兼任着湖南省政协副主席，但完全是一介布衣打扮，言谈举止，毫无贵胄之气，亲切家常如熟稔的长者。席间，程先生告诉我，在不久之前，他曾经在长沙的黄花机场偶遇袁院士，他也是自己拎一个黑色的皮包，在普通的候机厅等候登机。

　　告别之际，袁先生和蔼地送我们走出办公室。上车前，工作人员告诉我，非洲一个国家的总统正等候 11 时与先生会晤。原来，经常有第三世界国家的政要到这里来拜访先生，请他为解决自己国家的粮食自给问题献计出力。我对先生的敬仰陡然又增加了万分。

　　回到漯河，我把先生与我的合影做了一些剪裁，一直摆放在办公室里。常有友人来访，看到这幅照片，他们半信半疑地问我："这是谁？"我也故作神秘地说："这是我们村上的老书记。"他们将信将疑，之后会突然醒悟：这就是我们心目中的新时代神农氏袁隆平院士啊！

　　呜呼！人生有恨，今夜难眠。我将在千里之外遥望浩渺星空，追寻你的身影，长揖并呼号：先生，一路走好啊！

为季康先生祈祷

人生在世，总有悲怆戚然之时。今日，我心戚然，是因为一个与我近乎不相干的人。杨绛（季康）先生走了，去与她心仪的夫君和心爱的瑗瑗团聚了。

见到第一个发布先生驾鹤的微信，心中阵阵悲痛。但是，这些年看到的生老病死多了，又想到先生已有跨世纪之年，也就很快摆脱了悲伤的缠绕。在转发朋友的微信时郑重地写道：人间至爱多悲苦，天堂乐聚何须伤。

然而，悼念的文字仍然难以忘怀，而且更多的悼念又接连不断地扑来。下午半天，我一直沉浸在这阴霾的情绪中。

平心而论，我对先生的了解并不多，对她的文字也只有很少的阅读。然而，对先生辞世的伤感却超出了一般的逝者。下班回到家，我搬出了《杨绛文集》和《钱钟书集》，挑选《干校六记》《我们仨》《尖兵钱瑗》等遗作翻阅一遍，想要找出我感伤的源泉。阅读中才知道，咸涩的泪水并非为悲哀而流淌，更多的是感动和惋惜。

先生的贤惠感动着我。她的贤淑是相夫教子式的，又不全是，也充满着平等而活泼的现代风气。一个现代贵族家庭出身的"洋盘媳妇"进入一个相当保守的旧式家庭生活，竟能把公婆的赞许视作"莫大荣誉"。

先生的勤奋感动着我。心甘情愿襄理夫业的同时，用她的才智构筑了独特的生命灯塔。隽永而深情的记述，深刻而高远的思想，丰富而多姿的精神，还将营养着不同状态的后来者。

先生的旷达感动着我。在人生的边缘总结反思人生，不屑于与任何人争，视金钱名利如云烟，在这个物欲横流的名利场上高树起一座可贵的精神丰碑。我们这些为世俗所惑又常常忧郁困顿的时代宠儿应该在这座丰碑面前自惭形秽。

先生的坦诚感动着我。对家庭、对他人、对社会、对国家、对民族，充满了热爱和信心。在民族苦难最深重时，在遭受了挫折甚至屈辱时，都不改初心。没有豪言壮语，没有故作庄严，只有平实无华的文字和淡定从容的作为。我们看到的永远是先生最真切的内心和表情。

先生的坚强感动着我。名门望族出身，本以为是文弱之躯，然而她一生却经历了那么多颠沛流离，吃尽了浩劫之苦，晚年又痛失至亲至爱。先生不曾被不幸击倒，没有哀号，没有抱怨，没有沮丧，留给世人的只有平平静静的生活，平平淡淡的文字。这平静平淡是从重重波澜中走过来的，所以也蕴含着巨大的力量。

梳理着纷乱的思绪，我又蓦然体会到，是什么造就了这传奇的人生呢？是传统文化的浸润，也是丰富阅历的磨炼，似乎只有她所成长、所走过的那个时代，才能孕育出这样的一代骄子。她是那个时代最后一颗光彩照人的明星。

呜呼！先生一去，将终结一个时代。先生风骨，也将引领我们继续前行。祈愿上苍在今夜赐一场祭雨，为先生洗去倦容！

2016 年 5 月 25 日

花黄时节又忆君

2019 年 10 月 30 日上午，赵振刚先生的长女赵丁红电话联系，相约茶叙。下午 3 点我赶到工商联大厦三楼一间静雅的书画室见到了丁红女士。她谈了先生后事处理的一些打算和作品捐赠事宜。

赵振刚先生去年 9 月 28 日与世长辞。遗体告别之后，我曾经和于建华、赵振选两位老师谈及先生作品的归处。因为于、赵两位老师与先生妻女熟稔，我建议由二人与赵家人做一次沟通。萌生这个想法是因为我市曾经有成绩斐然的艺术家过世后，其作品散流于世，天长日久便湮没在市井生活中，失去了应有的艺术光芒和社会认知。没想到赵丁红这么快就表达了捐赠意愿。此次会面，我建议将作品捐赠给漯河市博物馆：一方面赵先生是我市颇负盛名的艺术家，理应为漯河留下一些优秀作品以勉励后人；另一方面，漯河市博物馆建馆不久，需要充实一些代表现当代艺术创作成就的馆藏。捐赠的数量、方式及方向赵丁红还需要和家人做进一步的商议。同时，她委托我和博物馆方面进行联络。

11月5日，我把先生亲属的想法与市文化广电旅游局的分管领导和市博物馆张珂馆长进行沟通，同时也和建华兄做了进一步交流。大家都觉得这是个好事儿，应努力办好，要通过一定的形式表达对逝者和捐赠人的尊重。我建议把时间放在赵振刚先生逝世一周年前后，届时在博物馆举办纪念展览，同时把捐赠的作品印刷成册，既是对社会的宣传，也是对捐赠作品的一个留念。举办专题活动更重要的意义是在社会上树立引导，开一个先河。艺术家向博物馆捐赠作品是国内外惯常的做法，但由于我市博物馆建成较晚，社会各界还没有形成这样一种意识。后来，我知道捐赠作品贡献给社会也是赵振刚先生临终时的愿望。

我与赵振刚先生的缘分可追溯到20世纪90年代。我在市委统战部工作期间，赵先生与张德君、张发舟两位前辈均为挚友。他们常有往来，我得以结识先生。当时先生正值艺术盛年，是我市文化界扛鼎之名流，而我只是未达而立的青年职员。但赵先生谈吐儒雅、气质倜傥、性格豪爽，确使我敬佩不已。其后的10余年间，我在县区工作，与市直文化艺术界交集减少，而赵先生也曾移身安徽阜阳生活过一段时间，我们也就一直没有见过面。

2012年6月，我调入市政协工作，依然从事文化和文史工作，偶然结识了于建华老师。于兄牵线搭桥又得以与赵先生再续前缘，间或也相约小酌，听他品悟书画艺术的高论。2018年3月，赵先生率赵丁红、赵丽在珠海举办"丹青熠彩翰墨飘香"书画作品展获得成功。五一前夕，又筹划了在河上街九雅轩画廊的"不忘故乡，梦圆沙澧"赵氏父女作品三人展，展出书法美术作品百余幅。我第一次看到赵先生这么多作品同时展出，其尊重传统的创作理念，酣畅淋漓的个性张扬聚于一庭，尽现于纸面。颇为壮观的有一幅丈二的牡丹和四尺整张的陶渊明画像。牡丹用墨泼辣大胆，陶渊明也一改荷锄采菊的惆怅旧貌，而是仰望长空豪情满怀。这两幅作品儒雅而果敢，实乃赵先生人生艺趣和笔墨技法的生动呈现。

吾尝与建华兄一起陪同外地来访赵先生的客人游历于沙澧河之滨。这些客人都是他作品的崇拜者，有丹青妙手，也有商界富贾或退隐贵胄，其翰墨传情结识甚广略见一斑。2018年中元节前夕，赵先生发起偕友赴黄山九华山一游，我专门告了休假陪同他登山。不承想出发之际，先生风寒染身临时取消了行程。我和于建华夫妇只能按计划出行。自合肥起，由上海朋友马先生安排，赵先生的弟子刘东辉贤兄全程陪同，一路数天餐饮旅行照顾得周到备至。我深知这种关照是赵先生的人格与作品所赐。之后，赵先生身体恢复，又如愿去了一趟黄山，我却有事脱不了身，未能亲赴陪伴效力，遗为此生一憾。

从黄山回来不久，约了赵先生和建华兄等餐叙。席间先生得知我夫人和他大女儿的名字相同（丁红原名菊红，我夫人名红菊），便欣然画了一幅《秋色宜人》相赠（款署戊戌年初夏，清虚居士振刚写意于康平南苑）。不承想，寒暑一易，原本精神矍铄的老人又被病魔缠身，久治不愈竟撒手人寰。

赵振刚先生幼承家学，弱冠即濡墨染翰，与书画结下不解之缘。后赴开封艺专学习，毕业于钢琴键盘和绘画两个艺术专业。他毕其一生潜心研究前贤，参经悟道、师法自然，勇于探索创新，不墨守成规、渐开新境，形成了独特的艺术风格和鲜明的创作特色，曾获得叶浅予、黄永玉、洪丕谟等艺术大师的中肯评价，堪称我市书画艺术界之翘楚。他在国内外书画展览中屡获大奖，作品被多家知名艺术馆、博物馆收藏。1997 年，被聘为河南省文史馆馆员。闻先生别世，市政协吕岩主席嘱托我作为代表去家中探望并做最后的告别。在熙熙攘攘的人群中，我又见到了在黄山相处一周的刘东辉。刘兄经常陪伴赵先生左右，展纸研墨、侍茶敬餐，如事亲生。他也是刚回到阜阳不久，听说赵老师将驾鹤西行，为见最后一面，竟是连夜骑着自行车赶来漯河。还有一些朋友也是从天南海北赶来悼念，其情其景，不能不令人倍感伤怀。

斯人去兮，音容如昨！所幸赵振刚先生将作品捐赠给社会的遗愿得以实现了。2020 年元月 6 日上午，先生遗孀李喜莲女士及女儿赵丁红、赵艳红、赵丽三姐妹来到市博物馆，就捐赠协议和捐赠仪式等与馆方进行了具体沟通，确认将无偿捐赠部分赵振刚作品给漯河市博物馆。赵丁红现场捐献了作品。之后，赵夫人及二女、三女也相继将捐赠作品送交市博物馆。捐赠赵振刚原创作品计 97 件，我和王凤娟、于建华、赵振选并市文联张晓婷等参与并见证了这一系列活动。

先生门第不愧为书香浸染之一族，深明大义、不计名利，为离开这个世界的人寻到一个长久保存作品的殿堂，为赵振刚艺术研究和传承奠定了良好的基础，搭建了新的平台。此举善莫大焉，必将成为我市文化艺术界的一段佳话。赵振刚先生馆藏作品将于重阳来临之际举办展览，漯河市博物馆对馆藏作品结集刊印。予受命作序，特撰文记之，且为先生逝世一周年的纪念。

刊于 2020 年 9 月 27 日《漯河日报》

细微之暖

拙笔朴意绘小城

——追忆毛合民先生

整理旧物的时候，又看到毛合民先生几次展览的画册，禁不住一声叹息：他离开这个世界已有五年了。

我与合民先生相识于上世纪九十年代末。1997年底，中共源汇区委换届，我调任区委常委、宣传部长。在第一次四大班子联席会上见到合民先生，他文质彬彬的形貌就印在了我的记忆里。合民先生是源汇区文化馆馆长，兼任区政协副主席，是无党派人士，我们工作中交际颇多。初到源汇区，需要尽快熟悉宣传文化战线的情况，经常和文化局文化馆的同志一起调研。文化馆承担着市、区交办的一些重要活动，合民同志也经常找我协商工作流程或遇到的问题，他是一个儒雅、谦逊、认真、随和的人。

当时，源汇区是漯河市唯一的建制区，一直坚持着每年元宵节办灯会的习俗，区文化馆是重要的承办单位。灯会地点多数在牛行街上。灯会期间，到各个办事处去落实布展任务，根据各个单位的出灯数量规模来规划布局，是区文化馆的具体职责。到沿街门店去衔接，与上百个机关企事业单位搞协调，合民先生都亲力亲为。那时候他已经年过半百，头发花白。至今走过泰山路中段，我还会想起他的一缕长发在料峭春寒中飘逸抖动的样子。

合民先生是个画家，是漯河早期为数不多的油画家。正是职业的原因，漯河市早期学美术的人，大多数是他的学生。他的女儿毛曼经历过这样一幕，20世纪90年代初，她考入河南大学美术系，河大美术系时任主任王彦发听说后到学生宿舍去找她。毛曼开门迎接王主任时，一下子愣住了，没想到他身后站着一群美术系的学生，齐声问："师妹好！"十几个漯河籍的美术系学生都曾经跟着合民先生练习过素描和色彩，他们的美术基础，对绘画的兴趣，是在毛老师手把手地指导下培养起来的。

合民先生一生钟情于艺术，创作了数百幅作品，以油画为主，兼工水彩水粉。他为人谦虚乐观，又坚守底线，办事认真。熟悉他的人都知道，他从来不卖画，也没有赠画的习惯。我深知，他的每幅画都是心灵之作，他就像对待自己的孩子一样，珍惜与这些作品最初心灵交汇的缘分。提起每一幅画的创作过程，他都记忆犹新、津津乐道，脸上露出赤子般的憨笑。

1999 年秋，我在上海参加为期一个月的经济管理知识培训。趁国庆节假期到周庄游览访古，看小桥流水，看沈家大院，看渔舟唱晚，我觉的风情万种的江南水乡处处皆可入画。回到漯河，向合民先生推荐说周庄值得一去。却不知这个国庆节合民先生也在周庄，在双桥边静坐写生三天兴致犹未尽。

恪守传统，不投机取巧，是合民先生从事艺术创作的一个准则。他的作品都是从写生入手，实地构思描摹，把自然山水中每一个启迪灵感的片段，烟火人间里每一个令人感动的细节，用拙朴之笔精心采撷描绘出来。退休之后，他还坚持每年进一次太行山，到八里沟，到石板岩，到郭亮村，一段崎岖小路，一溪潺潺流水，一座石头房子，甚至溪流中的一块石头，都成为他作品的原始冲动，构建了他对太行山细致入微的热爱。我鲜有看见他画那种气势磅礴、高峻雄奇的太行全貌，这也是合民先生的个性使然。在太行山，他与山民同吃同住，一起作息，早出晚归。发现一处心领神会的景物，就会坐下来，用半天甚至一天时间来观察、欣赏、感受。淳厚朴实细微是他作品的一个显著特点。

上世纪七八十年代，合民先生画过大量的漯河城乡风貌，沙澧河一直是他创作灵感的源泉。《渡》取材于丁湾老渡口，野渡横舟人影绰绰，是夹河里人与河上街人血脉相连的原乡物语；《浣》长坡斜道，碧水东流，仿佛有浪喧人语，记录了沙澧河沿岸天然自在的生活方式；《晴》描绘的是东方红提灌站的机房，雪霁初晴，快意盈胸，展示了这座城市怦然的生机。

2013 年 5 月中旬的一天，合民先生打来电话说，河南省美术家协会、漯河市美术家协会要在省美术馆给他办一个展览，邀我前去参加。23 日，"美丽中原·画子梦"毛合民油画风景写生作品展开幕那天，省美术家协会的领导，省内的知名画家都去了。展出他的五十多幅代表作，他的许多朋友、学生也从省内外赶来参观。美术馆里熙熙攘攘，人头攒动，共同见证他艺术生涯的高光时刻，无不感佩他写实、求真、唯美的艺术追求。

2018 年 6 月底，我出差在外地，合民先生又一次打电话告诉我，7 月 1 日他将在漯河市文化馆举办油画作品展。我从外地回来，相约 11 日去看展览，合民先生专程从家里赶到文化馆陪我。这次展出的大部分是过去的作品，少部分是新创作的，他一边走一边给我介绍作品的创作背景，仍然是热情洋溢。我明显的感觉到他脚步蹒跚，精神大不如从前了。他自己也说这是他最后一次办展览，所以要告诉他的每一个朋友。这次观展后，我曾经写下一首古韵记录观感。诗曰：

> 江南看流水，太行寻山径。
> 痴心师自然，拙笔行且行。
> 未曾换宝马，不见争高名。
> 斑氅映丹青，新意生复生。

我本是绘画的门外汉，但合民先生视我如知己。2002年底，我调离源汇区时，他特意委托中国书法家协会会员穆国星篆刻一枚藏书章和一枚《乐山乐水》闲章赠予我留作纪念。之后的近20年时间内，只要有艺术活动，他都会通知我，只要有时间我也会欣然前往，一方面是为了老朋友见见面，另一方面也是为了从他的作品中领悟自然的真相、生活的真趣，与过往、现实、未来做心灵的沟通。市文化馆的展览过后，仅一年多时间，合民先生就走了，带着他的快意人生离开了尘世，带着他的艺术梦想去见他的缪斯了，给这个小城留下了一帧又一帧淳朴美好的印记。每次看到合民先生的作品，我还会想起他的音容笑貌，每次想起他的音容笑貌，我也会联想到那一幅幅生动鲜活的作品。

数月前，遇到一位旧同事，聊到合民先生，她对毛老师别世十分意外，旋即沉入悲伤，潸然泪下。一个相去数载的老人，能让想起他的人为之伤感落泪，足以说明他的生命是带着光芒和温度的。

毛合民，一个奔走于沙澧河两岸绘写乡愁的人，1943年7月7日生于漯河，2019年9月1日驾鹤西行。他曾经为这座城市留存了美好的记忆，我们应当记住他。

细微之暖

思亲情

晴 雪（毛合民 绘）

渑池祖母杨太君三周年祭

巍峨韶脉，启华夏重礼之风；逶迤涧水，滋生民诚善之美。太君讳瑄娥，1922年农历七月初六生于渑池县仰韶乡马岭村，3岁丧父，9岁入城关周宅做童养媳，14岁成婚，先后育五女。1958年，夫周海印在黛眉山采石炼铁时失足坠崖撒手人寰。是年，长女年方15，幼女不足2岁，尚有婆母在堂。太君主掌门户，与婆母和女儿们共度寒暑，艰辛困苦备尝，曾经卖馍、看车、挖野菜、捡煤核以勉强糊口。一家老小穿着靠其昼夜织补浆洗为继。2010年11月23日，太君殁。远亲皆至，邻里相奔，婿女孙嗣怆情抛泪，感念其恩德。

太君之德，首在贞孝坚忍。夫初逝，婆母恐其另栖嘉木，疑怨苛责，或有微词。太君敬侍婆母如故，亲爱子女有加。衣食必先奉老母弱女，自己独受饥寒而无怨无悔。全家在贫弱交困中过日月，弥久情深。婆母晚年盛赞其节孝。五女婚配，不忘萱堂亲恩，未远嫁，互守望，五户如一家。

太君之美，重在宽仁大爱。坊邻每遇无论贫富长幼总以笑脸相迎，言语和睦，不见间隙。亲戚来家不分远近疏密都有热汤面相待，温寒共享，视同血肉。孙辈重孙辈诞生，年迈人必亲手缝制花布小袄虎头棉鞋相送，针线细密，足见倾情。

太君风范，重躬行而讷于言，处处为子孙做楷模，不给他人添麻烦。艰难困苦之时，昼夜辛勤劳作无怨言。晚年太平之季，常现慈眉笑靥不炫示。亲邻相顾于家常而不言及里短。儿辈中偶有差池只以仁德慰导而不求全责备。垂暮之年，自己动手缝制完终老之衣。弥留之际，嘱婿女先将公婆灵寝重新修筑，后箍造夫君和自己的茔室。

杨老太君贞孝仁爱修于心、发于本，近识者皆感其诚。儿孙有著文述其姿懿音容，使我失泪而生崇敬，亦作文记之，以期传颂先人贤德，激励后生美行。

太君晚年曾皈依基督，愿其在天国安乐。

2013 年 3 月 28 日

中秋父训补记

往年的中秋往往要和家人一起聚餐一次。今年的中秋却是一个人远在异乡，独坐在蜗室内听着古乐，遥想家乡的月色，思绪回到了四年前的中秋之夜。那天夜晚，给我记忆最深的是父亲的教诲。

2006年中秋节的晚上，我们全家在郾城的香陈湾游园吃晚饭。月色皎洁，水波不兴，家人大大小小十几口在园中尽兴畅游。傍晚，就在园子里就餐。席间，兄弟们依次敬酒，各表祝福之情。一番热闹之后，一向沉默寡言的父亲却正襟危坐地给我们兄弟姊妹上了一堂家训课。父亲当时的神情面貌我至今记忆犹新。父亲说："以往我没有给你们讲过话，今天咱们全家人很齐，有些心里的话想跟你们几个说说。"父亲一开言便是一脸的庄重严肃。"你们都长大了，各自都成了家。我相信你们能处理好各自的生活和工作。但是作为长辈，还是想把一些想法和体会告诉你们，也算是尽到长辈的责任。"父亲的朴实使我们几个晚辈也都凝下神来。

接下来，父亲讲道："我希望你们要珍惜四个方面：一要珍惜你们的工作。现在就业这么难，但不管你们个人奋斗也好，家庭的帮助也好，你们都有了一份固定的工作。这是我和你妈最感到欣慰的。你们一定要懂得珍惜，要尽职尽责，要做一个对社会有用的人，要对得起你们所拿的那一份工资。二要珍惜你们的身体。身体是革命的本钱，按老话说，'身体发肤受之父母'，你们有一个健康的身体，作为父母来说，是我们最大的愿望（父亲的原话我记不准确了，他大概的意思是教导我们要养成良好的生活习惯，戒除不良嗜好）。三要珍惜你们的家庭。人与人能结成夫妻是一种缘分，我希望你们各自都把你们的家庭经营好。夫妻之间要互相关心、互相爱护、互相尊重，这样才能和和美美一辈子。在这方面要给你们的子女做好表率。四要珍惜财物。现在生活好了，物质的东西丰富了，但也不要浪费。"父亲说话的语态很缓慢，语气里透出一股苍凉的感觉。也是席间喝了一点儿酒的原因，父亲的话竟使我感动得流下了眼泪。我的父亲是受过传统教育的人，参加工作后受组织教育的影响很深，所以，他的话是他的人生体会，是肺腑之言。那一年，他74周岁。

光阴荏苒，一恍惚四年过去了。我们姊妹四个，无论家庭生活还是工作状态都有了一些变化，可谓是芳泽杂糅，有值得庆幸的成就，也有扼腕叹息的遗憾。我冥冥间觉得这是对父亲训导的一种应验。可喜的是父母年事已高，却越渐豁达，对日常的人情世故能够放得下，也更懂得养生，身体依然是那么健硕。父亲每天早晨坚持锻炼，还能够大步流星地环绕房后的花园疾走，只是这四年间没有再给我们上过课。

忆想当年，宛若亲在。今晚的月光也很明亮，特别是此时此刻！

2010年9月22日夜于辽宁铁岭

思
亲
情

一路向北

列车启动了，高铁车厢的温度比窗外舒适多了。我衷心祈愿快一点到达京城。

6月17日晚那一幕又浮现在脑海。

父亲节的前夕，大哥打电话约我和妹妹、弟弟到父母家聚会。人到齐后，大哥开门见山地说明召集大家的缘由：父亲有话要说。

自去年住院以来，父亲身体一直不好，总是少气无力，与一年前判若两人。他用低缓的语气开始讲话。先说他近来身体大不如以前，是因为去年治疗眼肌无力时用了激素的原因，能不能熬过今年都是个问题。接着讲出了他的四件心事：

"第一件，我和你妈干了一辈子，没有积攒多少财产，但是老了也不想拖累你们。15号楼那个老房子你们都打听一下价钱，把它卖掉，作为我们俩养老看病的本钱。你们姊妹几个如果有人愿意要，可以比市场价便宜些。"父亲说的是30年前许漯行政区划后分配的一套80多平方米的房子，在此后的住房制度改革时卖给了居住人。

"第二件，我是个党员，一辈子没有给党做过多大的贡献，我想过世以后把遗体捐献了，不管用在哪儿，也算是为党为社会发挥最后一点作用。这个事是我慎重考虑决定的，这一段时间你们就打听一下咋办手续，不要再等。"这个念头父亲一年中也提起过几次，我们熟知父亲的秉性，理解他的信仰和选择，却也不愿过早地探讨这个话题。这一次父亲的嘱咐是郑重而不容迟疑的。

"第三件，我一奶同胞五人，在世的除我和你妈，还有你姑和两个婶。你妈我俩行动不便了，逢年过节你们一定要回老家去看看她们。"

"第四件，咱一家都是共产党员，我希望你们无论到啥时候都听党的话、跟着党走。不管做什么事情都想想符不符合党的纪律，尤其是八项规定，不要在这方面犯错误。咱们国家能有这么好的形势，都是共产党领导得好。"

父亲平静地说完后，母亲插话表达了她的理解和支持，我们姊妹四人又依次表了态。虽然谈论着生死的话题，却谁都没有过分的悲切，倒是十分一致地感佩父母的旷达与清醒。

6月19日，我陪父亲去医院检查身体。没想到父亲的谈话竟成谶语。他六年前手术切除过的直肠癌复发了，而且已经扩散到多个部位。医生建议用保守疗法来延续生命、减少痛苦。

父亲出生在一个普通的农家，祖祖辈辈以务农为本，受尽苦辛。在那战乱频仍的年代，祖辈们谨记传统，坚守着一个大家庭。大爷爷掌管门户，爷爷辈弟兄五人没有分家。虽然五个爷爷从十几岁起都去给大户人家扛长工，拼了命地劳作，仍然改变不了吃苦受穷的命运。大爷爷感受到读书识字的重要性，就做主让我父亲去上学。刚开始是在本村读私塾，三年级之后又到离家几公里的王岗寺学校读了一段时间小学。1944年日军进了中原，王岗寺学校随即解散了，大爷爷套上平板车，装了一车红薯又把我父亲送到了离家更远的大王庄学校读完了小学。读中学时已经是新社会，有幸成为漯河市初级中学（现二中）的学子。在此期间，父亲每周步行三十里回家一趟，然后背着一周的口粮返校。所谓的口粮就是家里老人省吃俭用攒下的豆糁蒸的窝头。这口粮放两天就变得又干又硬，天热的季节还容易发霉，长出一层白醭。那时候，沙河堤大槐树下有一户茶摊，我父亲自告奋勇帮卖茶的老人挑水。每天从沙河里挑十担水到河堤上，为的是免费取得两碗白开水来泡他的豆糁窝窝。豆糁窝窝经开水一泡既杀灭了霉菌，又变得松泛了。这样的生活维持了一年多。1951年7月部队来学校动员招干，为了给家里减轻负担，父亲偷偷地报了名。我家至今保存着学校欢送参干同学的合影，那一批共有四人入伍。听说儿子当了兵，可吓坏了我的爷爷奶奶。他们得到消息时父亲已经到了北京郊外的良乡城，成为解放军的一名测绘兵。收到父亲的信，爷爷奶奶急忙搭火车赶到部队想把儿子带回家。看到部队里有吃有穿，还学文化，而且解放军和旧军队是完全不一样的面貌，老两口才放心地回家去了。这是爷爷奶奶第一次坐火车出远门，也是一生中唯一的一次。

父亲在测绘干校学习一年多，并没有按计划奔赴朝鲜战场，而是被编入中国人民解放军第一测绘大队开始了跋山涉水的新征程。十几年的青春岁月，从中原到沿海，从闽东前沿到南海之疆，到处都留下这支队伍的足迹。我曾听父亲回忆起在三伏之季攀登太白顶的经历，不仅是徒步，而且背负着行装、仪器和食物。他们历时两天上了太白顶，却遇上天气骤变，霎时又下起了鹅毛大雪。他们就是在如此恶劣的条件下完成了任务。"噫吁嚱，危乎高哉！蜀道之难，难于上青天。"父辈们为了新中国的建设付出了何等的艰辛啊！父亲晚年患有严重的双腿静脉曲张，就是那些经历留下的病根。

1964 年，父亲从总参测绘局转业到原许昌地区行政公署财税局工作。那时候母亲已经响应国家号召从城里回老家农村务农。从我记事起，每到星期六的下午，我和哥哥就在村里的大路上向西眺望，只要看见一个穿着褪色军装的高大身影，心情立刻就欢愉起来。以至于那身洗得发白的旧军装成了我心底最深刻的印记。星期天的下午，那个身影又融入路边高大的白杨树中时，孩提的我总是饱含着满眼的泪花。

1979 年春，我和哥哥从老家农村转入许昌市十中读书，和父亲有了三年相依相伴的时光。我们住在一间 20 平方米的房子里，睡在一张大木床上，我和哥哥共用一张五斗桌写作业。父亲每天除了上班还要承担做饭的任务。买菜买面条的活儿大多是父亲亲为的，只有买蜂窝煤球的时候他才会带我和哥哥去做帮手。为了节约菜金，父亲会适时腌制一些韭菜花、芥菜丝和香椿芽，每年也晒一些豆酱。这些小菜是每天佐餐的主菜，当年并不觉得单调，其美味也不亚于取得功名后所享用的任何一顿大餐。

父亲一生忠诚老实、恪守职责。1992 年，他从市财政局农财兼农税科长的职位上退休了。当时财政部门承担着征收能交基金和耕地占用税的职责。领导上考虑到父亲长期从事农财农税工作，熟悉政策，身体也康健，就安排返聘他负责征收窗口的工作。父亲坚持原则，从来不贪小利而徇私情。熟悉他的人也都理解他丁是丁、卯是卯的认真态度。一次，源汇区的一个领导同志（也是他的老相识）听说他负责车辆购置税的征缴，就亲自去找他为本单位新购车辆办理缴存手续。见面寒暄几句后，那位同志开玩笑说："单位经费紧张，能不能少缴点？"父亲很严肃地说："我是替国家征税的，不能因为咱俩熟，就叫国家吃亏呀！"那个同志说："我现在可是跟你家老二孩儿一起工作哩呀。"父亲认了真，说："那零头不用交了，我给你垫上。"那位领导同志后来见面谈起此事，哈哈大笑说："你爸还是那个老脾气，几十年没有一点儿变化。"

后来，行政体制改革，所有行政事业收费都在行政服务中心统一办理。单位主管领导考虑他年事已高，劝说他上下班时间可以灵活点儿。他很严肃地说："你们如果觉得我继续工作不合适可以找人替换我。如果继续返聘我，我就要遵守行政服务中心的工作纪律。"就这样，他无论严寒酷暑，都坚持早出晚归。在行政服务大厅办公的近十年间，他总是最早跨入大厅大门的一员。

父亲曾经那么健硕，70多岁还每天坚持锻炼，大步流星地绕着科教文化中心广场散步，有时顺着沙河堤西行到107国道附近。岁月总是在不经意间消磨着生命的活力。

2010 年秋，父亲被诊断患有直肠癌，那一年他 79 岁。在省肿瘤医院做过手术后，父亲身体得以短暂地恢复，他顽强地与命运抗争，坚持锻炼身体、调节饮食、读书看报，还动笔抄写了几本养生保健知识。按照书上的指导，还自创了一套健身操，每天醒来后在床上晨练半个多小时。他用良好的生活习惯和乐观向上的精神状态乐享夕阳时光，成为许多后辈人敬重的榜样。

正当我们庆幸父亲避过了一场命运的捉弄的时候，意外又突袭而来，而且父亲对这场意外有敏锐的感应。

此刻，我坐在飞驶的列车上，只能乞求上苍赐福，愿在京城能求得灵丹妙药，为父亲再注一股抗拒病魔的动力吧！

2017 年 7 月 4 日于北上的列车上

附：《送别》

送别

年幼的时候，跟随大人去过一次殡仪馆，虽然时间已久远，但依然给我留下深刻的印象。那是一个火辣辣的夏天，里面一个个大人孩子头上都绑着白色的长条麻布，有些人身上还披着麻布衣，我第一次看到并体会了披麻戴孝情景。灵棺周围，好多女人跪成一片哭天抢地，年幼的我却也能看得出有些人是真的悲恸，有些人只是呜呜地附和。看着棺木，我心里明白有一个亲人已经离世，就躺在里面。我始终不敢也不愿近前，心里只想着这个地方不好，再也不要来了。跟随父母匆匆祭拜后便离去。依稀记得我问了父母：你们都不害怕吗？但似乎并没有得到答案。

再去殡仪馆，便是这一次了。8月19日，周六的上午，我带着小海从婆婆家回到自己家。妈妈打来电话，说爷爷准备进重症监护室了。我心里想着晚上爸爸有空的时候与他商量回家看看，也纠结着是我自己回去两三天，还是把年假休了，带着小海一起回去住十天半月？把小海哄睡，我坐在一旁回想起爷爷这半年来身体每况愈下，六年前的肿瘤于今年复发并扩散至全身。休产假的时候回去看他，他还乐观地积极配合治疗，看到小海，自己的第四代，更是乐不可支，搬一把椅子坐下，盯着小海睡觉看了老半天。又想起我小的时候，爷爷总是带我与弟弟去河滩里放风筝，因为爷爷身材高大，我们的风筝总是很快飞起，飞得又高又远。还记得小时候我和弟弟偷偷拿爷爷枕头下面奶奶给的买菜钱去买糖吃，被发现之后，爷爷也总是笑眯眯，从未责怪。想着想着，心里越发难过，便顺手查了高铁票，下周末还有票。可就在这时，妈妈打来电话说爷爷情况不好，正在抢救，让我立马回去。匆匆挂了电话，查了当天的票却一张也没有了。我急忙给妈妈回电话说今天没票了，却听到妈妈在电话那头说爷爷已经走了。"啊！……"一刹那我便泪如雨下。平日总说上海并不远，四个多小时的高铁就回去了，可事到临头，却觉得是那么的遥远无助。手足无措地订了第二天早上头班飞机，却半夜2点钟通知我取消了。20日早上4点钟与老公直奔火车站窗口抢到了票，

细微之暖

才在下午 1 点半赶回了家。

　　进了殡仪馆，大人孩子都还是那样的装扮，只是这一次，我也戴上了麻布条，才知道，那叫作孝布。灵堂里依然有一座水晶棺，只是这一次，我没有一点儿害怕，当年的疑问顷刻间释然了。我知道里面是我的爷爷，是小时候带我玩耍，长大以后每逢假期都在等我回家的爷爷，是我至亲至爱的爷爷。给爷爷磕了头，我就像当年的那些女人一样，陪着姑姑守在水晶棺旁，因为我知道，时间不多了，这是最后一次守在他的身旁。

　　第二天，是爷爷的遗体告别仪式，爷爷生前签下了遗体捐赠志愿，怀着为党、为祖国再尽最后一份力的心愿，将遗体捐予祖国的医学科研事业。早上，爸爸让我接奶奶一起去殡仪馆。到了奶奶家，只有她一个人在，看着奶奶转身蹒跚的身影，看着爷爷常坐的那把椅子，看着餐桌上爷爷平时看书抄报用的 80 年代出版的那本《新华字典》，一种令人窒息的悲伤将我击中：爷爷真的回不来了！这就是亲人的离别，无影无踪却又无处不在。我不敢当着奶奶的面落泪，赶忙借口上洗手间调整自己的情绪。奶奶虽然看起来没什么表情，但她喃喃地说了一句："这么大的房子，以后就只剩我一个人了。"却也表达了她对携手走过六十多年的爷爷的思恋。

　　"一个高尚的人，一个纯粹的人。"虽然这句话是毛主席用来评价白求恩的，但我觉得用来描述爷爷一点也不为过。年轻的时候，爷爷在解放军测绘大队当兵，用双脚丈量了祖国的山山水水和边防线，参加了全国大地原点和海岸线的测绘。退伍转业后，在自己的工作岗位上兢兢业业、恪尽职守，从不向单位和组织提任何要求。退休后，单位返聘他在行政服务大厅从事税收征缴工作，他十几年如一日，坚持每天提前到岗，打水扫地，整理内务，从不迟到早退。辞世之前，那么平凡而又伟大的他又将自己的遗体捐出，为自己无私的一生画上了圆满的句号。我作为他的孙女，似乎是比较令他放心的，结了婚，也生了子。最后一次见爷爷，他只是语重心长地对我说："工作上要上进啊！"我答应了。一个月前，爸爸又捎来他老人家的嘱咐，教导我一定要尊重和孝敬公婆，与他们和睦相处，我答应也一定会这么做。我坚信，爷爷的音容笑貌将永远不可磨灭，爷爷的精神品格将永远为我树立榜样，就像表妹说的："我一生铭记，你终为风帆，指引我前行。"

爷爷，今日是你的头七，希望你一路走好。突然想起前几日每天哄小海睡觉，总是情不自禁地哼唱那首《送别》，现在才明白，那原是唱给你听。

（康康）

永远的陪伴

昨天夜里，我梦见了父亲和母亲，他们在一起各自打一盆热水泡脚。这应该是喻示着他们已经相会并开启了和谐安详的彼岸生活。

此时，手机里正在播放马友友演奏的大提琴曲《圣母颂》，母亲最后时光的点点滴滴在乐曲中历历在目。

2017年秋，父亲撒手人寰，徒留母亲一个人庇护我们兄妹四人。我们都有一个共同的心愿：一定要照顾好年迈的母亲。母亲生性倔强，不愿意依赖任何人，坚持要单独住在她自己的家里。大哥建议晚上我们兄妹四人轮流陪护母亲。这恰恰也是小妹、三弟和我的想法。

2018年春节过后，母亲出现了重症肌无力，吞咽和语言功能存在着很大障碍。我们送她到市第三人民医院去检查，同时发现了母亲小脑萎缩比较明显。为了更好地照顾母亲，便专门请了保姆来陪伴她，晚上我们兄妹四人继续轮值陪在她身边。

母亲一生命运多舛，幼年时逢家国离乱，曾随姥姥彭玉珍从河南临颍辗转到河北任丘，在一个抗战堡垒户家度过了少年时代。国难当头的岁月，千村萧疏、万户颠沛的环境滋养了母亲刚毅无畏的性格，也培育出她对新生活的向往。1951年，刚刚初中毕业就在任丘县团委参加工作，其间，不满17岁的母亲加入了中国共产党。1954年参加河北省商业系统统计培训后调入河北省食品公司工作。1962年与父亲结婚后随军。1964年响应国家号召返乡务农。当时在我的老家，难得有识文断字的青年妇女，因此回乡不久就被吸收为乡村小学的民办教师，从事教育工作11年。1976年，母亲辞去教师职业成了一名真正意义上的农民。这个时候，大哥13岁，最小的弟弟年仅4岁。一个从未干过农活的人加入生产队的集体劳动，同时拉扯着四个尚未成年的孩子，其艰辛是难以想象的。记得实行联产承包责任制之后，我时常有半夜醒来家中仅留我和妹妹、弟弟的情景，因为母亲要起早贪黑地带着大哥到地里去干农活儿。在这样的生活条件下，母亲超乎寻常地重视对我们的教育，

细微之暖

她并不像其他的家庭那样，逼迫孩子们去割草、拾粪、溜红薯、捡柴火，而是要求每一个子女好好读书，完成学业。今天回顾这段历程，我们仍由衷地赞叹母亲的远见卓识。

近三年以来，年迈的母亲先后三次骨折，都不得不接受手术治疗。在这样的情况下，她的身体也每况愈下，眼见的稳定一个时期就会下一个台阶。在陪伴她的日子里，我们也难得与她有一些近距离的交流。她时常回忆那些刻骨铭心的苦难，感慨新生活的变化，也一如既往地关心着儿女们的生活和工作。2019年11月下旬，母亲做了第三次手术，体质已经非常弱，医生告诉我们，她很可能要长期卧床静养了。回家之后，她坚持拄着拐杖下床活动，试图恢复从前的独立。屡试之后，才无奈地接受现实。12月中旬的一天恰逢我值班，她又一次提醒我去给她交党费。上半年她已经催促过让我代她去泰山北路居委会党支部交党费，由于我没有十分在意，总以工作忙为由，推脱了几天，她脸上便露出了十分失望的不满情绪。我当然明白，他们这一代人对党的忠诚和组织观念，下午就赶紧去了却了她的心愿。

母亲在最后的几个月时间里，身体内的癌细胞在慢慢扩散，应该是十分痛苦的，但她从来没有在我们面前呻吟过。我们都清楚她一生的坚定刚强是不会改变的，在病痛面前也绝不会屈服。心疼母亲的同时，我们为有这样的母亲而感到骄傲。一个家庭主妇，曾经遭受过无数的艰难坎坷，如今过着极其平凡的日子，却如此理性、坚强，初心不改、不屈不挠。这就是我们的母亲！

2021年元月5日，母亲走完了她的一生。她最后的结局恰如她干净利落的性格，没有一丝的犹豫和迟疑。3日中午开始丧失了意识，4日下午不能进食，5日逢小寒，她在申时出现一阵喘息之后即驾鹤西行。可怜我们兄妹四人守在身边，看在眼里，握着她柔软的手却无法挽留她的飞升。我相信大哥的话："妈妈心疼儿女，给我们放了假，独自去找爸爸了。"这样的自我安慰也许是早日走出痛苦最好的捷径吧！

处理完母亲的后事，在整理遗物时找到她曾两度嘱咐我为她交党费时用的《党员服务证》，发现她最后几个月的党费还没有交上。8日下午，我专程到居委会为母亲补交了党费并向组织报告了她亡故的消息。我想如果母亲还活着，这也一定是她的心愿。

母亲真的走了，四个没娘的孩子已经无缘再守护在她老人家的身边。但是，她走过的路还在，只要我们沿着她走过的路走下去，我相信她的在天之灵一定会永远地陪伴着我们。

【题记】儿女的生日，也是妈妈的受难日。今天将步入56周岁，而明天就是妈妈"五七"的祭日。妈妈走了，一切都成为过往。整理一下近年来陪伴妈妈的片段记录，权作最后的纪念吧！

2018 年 10 月 1 日，星期一，晴

昨天夜里按照医生的指导调整了喂药的方案。23 点，母亲醒了，仍按原药量伺溴吡斯的明 1.5 片、阿托品 1.5 片。夜里 3 点钟未再喂药，母亲睡得很安然。晨 7 时，按

原来的方式伺溴 1.5 片、阿 2 片、甲钴胺 1 片、他克莫司 1 粒。母亲提议喝面汤。8:30，我把烧好的白面稀饭和西红柿炒鸡蛋端在饭桌上，喂她吃饭，母亲吃得很香甜，喝了一碗面汤，连同一小块馒头吃了约 500 毫升。上午，把娜叫过来，带母亲到河边游园去散心。老人家很高兴，在游园的一个小时里，先是在河边的木凳上坐了很长时间。在嵩山路大桥东侧的绿荫之中，碰到一个 96 岁的老太太，也是由儿子推着在河边游玩。老太太中风已经多年，她唯一的儿子每天都在陪伴她。两位老人攀谈了几句，感慨现在的时代真是太好了，要努力地活下去感受这幸福美好的生活。

11:30 回到家中又该吃药了，喂了溴吡斯的明和阿托品各 2 片、甲钴胺 1 片，增加了 1 粒他克莫司。中午妹妹和弟媳春华为母亲做了鲫鱼面片，13 时母亲吃下 300 毫升，然后就午休了。15 时按照常规的量，伺溴、阿各 2 片，然后给她打了一杯果汁（1 个苹果和 4 颗枣打在一块），母亲又喝了 300 毫升左右。

下午我看天气很好，再次征求她意见：是不是到门口小花园里转转？她欣然同意。下楼后，她自己推着车，我们一同来到了小花园里。在树下的长椅上坐了约一个小时，遇到她过去打牌的老朋友，还有另外一位住在同一小区的老人，她们攀谈了几句，多是儿女尽孝和各自生活的话题。

17 时回到家里，我把中午的面片热了热，她又吃了大概 200 毫升。

19 时，坐浴、泡脚。19:30，吃药溴、阿各 1.5 片、甲钴胺 1 片、他克莫司 1 粒。20 时，加食酸奶一盒。之后，上床睡觉。

从今天的饭量和精神状态看，昨天见医生调整一下喂药方案是有效果的。

建议：23 时的药还是要继续吃，时间可以灵活掌握（母亲啥时醒来啥时喂）。这次药停了，溴吡斯的明的药量一下子减量太多。这个药是关键，起支撑性的作用（原方案每天吃 10 片，23 时不喂的话减少到 7 片）。

2018 年 12 月 24 日，星期一，多云

昨天上午我来到母亲家里，走进她的房间时她正在睡觉。我没有打扰她，坐在对面的小床上，静静地听她自言自语。在喃喃的含混不清的语句中，终于听懂了一句："怎么进来了一个小偷？"近段以来，她一直怀疑她的衣服和鞋子被人偷了，多次让大哥和妹妹到小区门口去问一问自己那一包衣服还在不在。我们明知道这是不存在的，是她臆想的现象。

晚上，我再到母亲家时，母亲躺在床上和我拉家常，

她也问了一句说："我小脑萎缩将来会不会变傻了？如果变傻了就不要让我再出门了，别让我出门再走丢了。"白天我听保姆爱枝讲，最近几天，她总是出其不意地自己出门下楼到小区门口向门卫索要自己那一包衣服。门卫们不愿意和她纠缠，她还会骂骂咧咧。我跟她说："那一包衣服咱不要了，就当是接济人了。"她说："你哥也说不要了。"

最近，母亲的病状越来越明显了。白天躺在床上不停地喃喃自语，像是与神灵对话，与自己的命运对话。见到我们姊妹几个，就说自己的衣服或鞋子丢了。今晚我在微信上与当医生的同学交流了这个现象，医生说这是典型的老年痴呆症，无药可救，只有多陪伴她、顺应她，让她多得到一些安慰和快乐。我想或许是这一代人经受了太多的苦难，她们长期过着缺衣少食的日子，所以把财物看得特别的金贵。我和同龄人交流，很多人也都有这种经历。面对这无可奈何的事情，作为儿女只有慢慢地陪她老去。

清晨，我在小区门口向门卫说明了情况。门卫很坦然地说："我们都认识你妈，过去见面经常说话，但现在她老了，也知道是什么情况，是不会计较的，只能顺其自然了。你们尽心照顾好她吧。"

我想，以后陪护的时候，要尽可能和她拉拉家常，听听她的倾诉，多聊些新鲜的高兴的事儿，也许母亲会多一点安全感和幸福感。

2019 年 3 月 17 日

关于妈妈生活和治疗的几点建议：

1.无论任何情况下，不当着老人的面谈论病情，一切治疗方法均要适度适用，以先沟通再实行为妥；

2.无论任何情况下，不给老人传递负面情绪，包括对病情的担忧、社会不同议论、工作生活困难、各种抱怨争吵等；

3.任何情况下不提及母亲的钱财和房子处理；

4.保姆在时，值班人员主要负责吃饭和夜间陪护，不一定非要全天守着，让母亲有自由空间，树立生活自信；

5.侍奉母亲需医疗和心疗并重，需要关心关注，也避免过度关切，尽量用沟通安抚的方式让她吃好（饭和药）、休息好、无烦恼；

6.值班时注意与保姆的日常交流，尽量多沟通、多商量，不挑剔、不指责。

2019 年 11 月 26 日

21 日，母亲入三院神经内科。原计划再输几天营养脑神经和疏通心脑血管的药，因为 CT 确认腰椎骨折而放弃。

22 日，转入骨科边治疗边观察，等待手术的时机。医嘱母亲需要卧床静养，吃喝拉撒都不能下床了。

26 日上午 8:50 进手术室做经皮椎体成形术（骨水泥），10:30 出手术室回病房。

2020 年 2 月 22 日

昨天听妹妹说，前天晚上妈妈没有休息好，主要是痰多。蕙芹姐说，昨天吃饭也不多，晚上没吃。我过去后问她吃饭情况，她基本上对当天的事都失忆了。后来劝她勉强喝了一盒酸奶。昨天晚上睡觉也一般，前半夜老发癔症，解过三次手，11 点多一次去了厕所，凌晨 3 点半在床上换了纸尿裤，6 点多又下床小解一次。夜里的药按时吃了。过去劝说不让下床、不让垫纸、不让在被窝里擦拭大小便，她都做不到。我感觉主要是因为她自己要强的一方面，记不住是次要的。

我感觉，最近这一段妈妈身体呈明显下降趋势，吃饭、睡觉、情绪是三个表征。蕙芹姐说，她有时候会反思自己，感叹生命；有时候白天也发癔症，回忆过去的亲人；更多的是念叨自己的儿孙们。这个状态一方面是自然规律，毕竟 80 多岁了，身体机能下降是正常的。另一方面可能和疫情期间一直封闭有关。见人少、不出门，容易导致情绪紊乱。如果说还有一个因素的话，就是痔疮给她带来的痛苦。前后两个因素是没有办法的，唯有第二个因素，应该多陪伴。疫情过后，要适当地带她走出来，也可以到河边见见风光。同时，我们要增加回家的次数，每天能有一个人陪着她闲聊一会儿。

另外，妈妈性格要强，她的习惯和思维是不可改变的。我已经尽可能不再劝说她改变什么，一切顺其自然了。能顺意地度过余生对于一个 80 多岁的人来说也许是最后的一种满足或自尊。不知道我这样想对不对，有时我也做不到，但是在努力这样想。

2020 年 6 月 15 日

21:00 回到妈家，先聊了几句，又播放了学习强国的青海少数民族民歌花儿和蒙古族长调。妈妈能听见，说"音调好听，各有各的特点"。并感慨蒙古族人"性格开朗，不像咱们汉族人想得多，净想些没用的。思想简单的人活得自在。"后来又播放梅兰芳的京剧《霸王别姬》，妈妈说："梅兰芳是京剧大师，是个男的，唱的旦角。"约半小时后休息。

22:15 下床解手，未解。换护垫衬纸；22:35 再下来，换了衬纸；1:10 下床解下几滴便污，清洗后换了护垫，吃药；4:10 下床小便一次；5:50 下床解手一次，换衬纸；7:00

喂药。

约 8 点蕙芹姐打电话说，妈趁她在厨房做饭时，又自己下床到卫生间了。

2020 年 6 月 × × 日

现在妈妈有半痴呆的症状，加上她的性格特点，劝说基本不会奏效，只能顺其自然了。我感觉有三点需要沟通达成一致。1. 她所谓的下床解手，多数属于病态便意。但是也有换护垫或衬纸的必要，所以无须强求她不下床（不反对适当劝说）。2. 我看了她这两天吃饭的记录，虽然吃得不多，但是在不停地吃。已经是风烛残年之人，吃饭的目的是维持生命，尽可能地进食均匀一些是必要的。理论上营养方面以高蛋白和纤维性食物搭配。实际操作中以能吃为目的，她对味道敏感，又容易情绪化，需注意观察，不要引起她的反感。3. 对于妈妈来说，现在需要的是陪伴，这一点是个矛盾。一方面我们都要工作，另一方面她和蕙芹姐已经形成了相对稳定的生活模式，需要每个人根据自己的情况，适当增加探访次数，并要把妈妈当成正常人和她聊天。

另外，蕙芹姐最近有压力。妈妈不是任何人都能和谐相处的，我们暂时离不了一个熟悉妈妈生活的人。蕙芹姐伺候过病人，知道高龄老人的心理习性，来了以后伺候妈妈算是比较尽心的，应多表示理解和尊重。

2020 年 6 月 21 日

20:30 前一直卧床；23:30 下床小解，无大便，吃药；02:30 小解，无大便；04:30 小解，大便如豆数粒；07:00 小解，无大便，吃药。4 次起床护垫有污渍，无血渍。

近午时，蕙芹姐发照片，护垫有血污。

2020 年 6 月 22 日

19:00 坐浴，吃药，上床；20:50 解大便（稀）稍许；21:05 解大便数滴；22:45 排黄干便三四块（拇指大小）；23:50 下床小解，吃药；00:50 下床小解；02:25 大便一块。8 分钟后又要下床，劝阻。04:10 大便块状；06:30 大便块状；07:00 喂药。

2020 年 7 月 13 日

19:30 喝纯牛奶一碗。

20:30 突然问："我把你姥姥弄哪儿了呀？"聊了姥姥

的晚年生活，三次感叹："我这辈子对不起你姥姥，就我这一个闺女也没有照顾好她。"我劝她说姥姥晚年比较稳定，不算受罪。又提到小时候在河北任丘裴里村的事情。任丘的爷爷奶奶（姓陈）是堡垒户，对她很好，还给她安排了工作。又感慨对自己的生活可满足，住着大房子，儿女们也都好。

21:10 休息；23:00 下床小解，换护垫，有脓血，不能站立；01:00 换护垫，吃药；02:30 护垫有血污，换纸尿裤；05:30 换纸尿裤。额温 36.2 度。

鉴于妈妈的身体状况，建议减少下床次数，仍用纸尿裤在床上替换。

2021 年 1 月 3 日

下午 4 时许，红菊打电话让我赶紧过来。到了妈妈家，看到大哥和妹妹也在，得知妈妈失去了意识，喊她时目光呆滞没有反应了。请三院的李医生来看了，说妈妈有贫血，应该是癌细胞吞噬红细胞造成的。鉴于妈妈年纪大且体质已经很弱，不建议送医做不必要的查验。我心里明白：妈妈已经进入了生命的倒计时。

夜里，妈妈睡觉比较安稳，换了四次纸尿裤。

2021 年 1 月 4 日

早晨 7:00 喂药时睁开了眼睛，还感慨了两声："娘唉！"

上午，红菊和蕙芹姐电话里说妈妈早上吃了一碗鸡蛋羹。虽然意识不清，但妈妈还能条件反射地张开口做机械的吞咽。中午，又喂下一小碗面条，后半晌又喂下几勺果汁。

从去年 5 月以来，妈妈的身体状况隔一段时间会下降一个台阶，然后会稳定一个时期。妈妈性格刚强，她从不在家人面前表露出痛苦和悲哀，只是随着身体的恶化，言语少了。但愿她老人家能够再平稳一段，挨过这个冬天。

下午 4 时许，红菊打电话催我回来。我到家时，大哥和妹妹、弟弟都在。听妹妹说妈妈已经不再进食了。蕙芹姐给她做了一小碗鸡蛋絮儿，妹妹和红菊一起喂她时，她却再也没有反应。

晚上，请了中医陈大夫来为妈妈把了脉。医生说：脉相很强，表症很弱，这也是不正常的，一旦脉相减弱就很危险了。陈大夫也不建议送医，判断今晚无大碍，但也离不开人了。

大哥和妹妹们走后，和弟弟聊了一会儿，就妈妈的状况做了简要的沟通。

一夜无眠。伴随着妈妈均匀的呼吸，回忆起一些旧时光。想到前些日子妈妈还和蕙芹姐一起唱歌，使人难以相信生命竟如此脆弱。

2021 年 1 月 5 日

上午 11 点 22 分，军生弟发来短信："哥，咱妈现在脉象很不好，体温也下降不少，35 度 5 左右。"我赶回家中，大哥、妹妹、弟弟都在，商议再请医生来看看。下午，我向单位请了假。15 时，自川过来看了妈妈的情形，嘱咐说：已经出现了潮式呼吸，准备后事吧，不敢再打扰她了。我的心一下子提到了嗓子眼，一股悲哀的氛围弥漫开来。我们守在老人家床前，轻轻地呼唤着，妈妈已经没有任何回应。

红菊和妹妹联系了穿寿衣的人。

15 时许，妈妈不再留恋这个世界，悄无声息地向着天国飞升而去…

无言的告白

元初的快乐迸发于痛苦之中
第一次吸入清新的空气
用啼哭问候母体的疼痛
世界便升腾起幸福的憧憬

就这样开启旅程
母亲的劳碌只是途中的风景
青春的冲动，中年的烦琐
蛊惑我渐远童年的赤诚

那常常越出视线的风筝
令热望者隐忍期待和不安的冷
直到一声低沉的哀嚎
慰藉她再也熄不灭的美梦

思
亲
情

叙图文

雪　晴（毛合民　绘）

《兰州书画家图典》序

兰州是我向往的地方。我的父亲年轻时投笔从戎，曾经随中国人民解放军测绘大队在兰州生活过。刚记事的时候，就听父母亲讲述过在那里的生活片段，我便对兰州有了一种亲切的向往。

春节前后，于君建华兄告诉我，他正在编写一部《兰州书画家图典》。霜降前日，他便把书稿的三校清样拿给我看，我得以先睹为快。一口气翻阅完这本书稿，兰州的413 位书画名家即浮现于眼前，跃然进入我的脑海。他们中有明清耆宿、民国名流、现当代书画名家。有的是出生于原籍兰州成长起来的，也包括在兰州有过重要经历的客籍人士，但都曾经受一方水土浸染熏陶，在书画创作中有蜚声的成就。书中对每个人的阅历或翔实或简略，对每个人的生平足迹、书画成就及其代表作均着墨记载，构成了一幅源远流长、视野宏阔的兰州人文历史画卷。

　　据之前的了解，建华兄编写这本专著也是偶然为之。他在兰州有几个经年的书画至交，或书信或车旅，常有往来。近年中，朋友们曾提起为兰州书画名家汇集立传的念头，建华先生欣然应约担起了这一重任。何以能如此之速地写出如此丰富的一部地方人物专著呢？这恐怕就要提到他的经历和专业了。于先生也曾从军从政，但青年时期就立志于文学，尤其对书画艺术情有独钟。以至于 20 世纪 80 年代毅然辞去公职，专程赴上海拜沪上著名学者、书画名家洪丕谟先生为师，主攻书法创作及历代书画艺术鉴赏，数十年来披阅万卷、笔耕不辍，研习兼创作，并常年奔走在各大拍卖活动之间，品鉴了大量的名家书画作品，养成了景仰丹青和慧眼识珠的情趣。复从艺术名家钱君匋先生游，学习收藏知识。建华先生师承名门，又勤奋亲为，在书画收藏和鉴赏活动中，总是兴致盎然、广结雅缘，又时有沉醉、独自欢喜，逐渐构筑起自己的精神乐园。他先后编纂了十几本书画鉴赏专著，受到书画界的喜爱和好评。为编著这本图典，他广泛收集了兰州风物人文相关的典籍，多次飞赴兰州考察人事文物，感受风土气息，掌握了多姿

细微之暖

多彩的第一手材料，也通过网上搜索线索，查找传记核实提炼，所选资料力求让书画家经历和作品说话，实为于氏鉴赏力之特点。

常言有道：窥一斑而知全豹。我们了解一个地方，首先要了解它的历史文化，欲了解人文历史，必须了解这个地方所出现的人物和发生的故事。兰州自古乃西北名邦，西汉时期设立县治，取"金城汤池"之意而称金城。霍去病征伐匈奴时设立镇守要塞。唐宋以降均为西北地区有重要影响的地方。清乾隆二十九年，陕甘总督衙门移驻兰州，成为"节制三秦""怀柔西域"的军事重镇。晚清杰出政治家刘统勋、林则徐、左宗棠在此留下了弥足珍贵的遗踪。近代以来，兰州的经济政治军事地位更加凸显。抗战时期，谢觉哉亲自坐镇八路军兰州办事处，中共早期领导人周恩来、王稼祥、李先念、邓颖超等也曾在此居住并开展革命活动。新中国成立以来，兰州发展变化更是日新月异。如今，已成为大西北铁路、公路、航空的综合交通枢纽，中国人民解放军西部战区陆军机关驻地，也是新亚欧大陆桥中国段五大中心城市之一，享有"丝路重镇""黄河明珠"的美誉。

兰州的历史文化无疑是博大浩瀚而风情万种的，书画家其人其事其作品，只能是兰州历史文化之一斑，然而这一斑也略显出兰州的特点与个性。作为一个对兰州有美好向往的外乡人，通过这本图典，油然而生的是一种感慨：在与大漠接壤的西北隅有这么一座城市物华天宝、人杰地灵。看到兰州这个名字，我想到的不再只是黄河的狂野、塞外的苍莽和那诱人的面香，脑海中会自然而然地浮现出一张张深沉思索的面孔、一个个俯仰天地的形象和一幅幅精美绝伦流芳于世的墨韵丹青。其实，我父亲在兰州的时间是很短暂的。他和他的战友们曾经扛着罗盘仪和标尺在山水间跋涉，用脚步丈量过这块土地，所以才有了他对异乡故土的记忆和牵挂。我也是过了知天命之年才理解了这种情愫。这本图典无疑更丰富了我对兰州的想象，我一定会找时间去一趟兰州，寻一寻父辈的足迹，看一看母亲河的壮阔，听一听兰州话的敦厚，尝一尝牛肉拉面的醇香。

从地图上看，兰州是偏居一隅的一个点，在祖国这个大家庭中，与它相牵连的还有千千万万个点。如果能走近每一个点，发现它的美丽、庄重、优雅、浪漫，理解它的坎坷、兴衰、存续、消匿，我们将有更博大的胸怀和更深沉的爱！

是以记之。

己亥寒衣节于许慎故里

《戏码头》编前语

历史悠久、人文荟萃，常常被漯河人引以为骄傲。那是因为先民们在这里繁衍生息、采撷耕作、摒除蒙昧良久，保留了较为密集的文化遗存。同时，各个时代的政治、经济、军事、文化精英在这里开拓纵横、经营缔造、启智益民频繁，留下了较多的历史记忆。贾湖遗址、字圣许慎、召陵会盟、汉魏禅让，都是这家珍中闪亮的明珠。

然而，从事历史文化工作的同人常常有一个遗憾的共识，即漯河的文化尚未经过系统的专业的研究确认。一方面是由于漯河建制成形滞后，设立省辖市也不过30余年；另一方面是因为辖区内大中专院校较少，人文学科研究机

叙图文

构缺乏，研究人才不足。补足这个遗憾，是我市文化工作者一直努力的目标。政协的文史资料委员会作为从事史料征集的专门机构，自然也应担负起相应的责任。六届市政协曾组织我市文史专家和学者历时四年有余编纂了《漯河文史大观》8卷13册系列丛书，成为第一部较为权威、系统、专业介绍漯河历史文化的正式出版物。作为这部丛书的参与者，我们认为此书填补了我市历史文化研究的空白，功莫大焉。但由于专业力量有限，史料基础薄弱，加之时间紧促，书中不可避免地有诸多讹误或缺漏，只能寄希望条件成熟时后来学者们能够修订补正了。

七届政协伊始，恰逢新时代之开端，各项履职工作面临新定位、新目标、新境界。文史资料工作与文化工作整合无疑是首当其冲的变革，专委会的职能拓宽了，服务中心工作的任务迈入了新阶段。在做好原定的文史资料征编工作基础上，我们提出了文史资料拓展征集范围并向系列化、专业化努力的方向。首先，组织力量启动了建市30年来漯河文史资料整理工作，以期通过去伪存真、去粗取精并补充修订，把30年来征集到的文史资料进行分类编辑达到正式出版的要求；其次，开展了改革开放40周年专题史料征编活动，编印了纪念专辑；其三，与有关专家学者沟通，选择具有漯河特色的文史专题开展全景式资料编撰工作，力图使史料来源过于分散的片段式记述方式有所改善。

细微之暖

余飞先生的《戏码头》就是这一尝试的第一个成果。

光阴荏苒如白驹过隙。悄然将尽的 2019 年，我市文化工作出现了一些可喜的变化。市委七届七次全会通过决议，把建设中华汉字文化名城和建设地区性中心城市、中原生态水城、中国食品名城一道确立为新时代漯河经济社会发展的新定位。这必将开启我市文化建设新的征程，掀起新的文化大发展大繁荣的热潮。市文联各协会完成了预定的换届工作，新的领导团队将以全新的姿态带领广大文化艺术工作者投入火热的社会生活，开展丰富多彩而富有时代精神的创作活动。冬月初来，漯河医学高等专科学校漯河文化研究院成立，群贤毕至，进行了一场高水平的文化研讨活动。一批年轻的学者加入地方文化研究队伍，这无疑让我们对我市人文社科研究的未来充满了信心。经过多年的酝酿和准备，首届许慎文学奖作为我市最高文学成就的象征也隆重推出，成为我市文学艺术活动中具有纪念意义的事件。

岁月不羁亦愁人。2019 年秋，毛合民、赵振刚两位先生先后驾鹤西游，也确实令埠上同道唏嘘感慨。他们深深地爱着这一块土地，是漯河老一代文化艺术界的翘楚，曾创作大量艺术精品为这座中原小城增添了几多色彩和温情。他们绝不会被浮躁的市场声浪和细碎的人生无奈所湮没，他们将永驻在漯河人的记忆里。除此之外，后来者是否应该为前人做些什么？毕竟文化是需要积累和传承的。

风物长宜放眼量。哲人的话总是给我们指引光明的前景。2020年将至，奋斗仍是主旋律。让我们平复一下思绪，担负起应该担负的责任，踏着坚实的步伐继续前行吧！

是为序。兼作《漯河文史资料专项史料特辑》刊行纪念。

2019 年 12 月 31 日

细微之暖

《履痕犹在》编前语

总有一些人和事在我们的记忆中难以抹去，总有一些事与物在旅程中占据一定的方位。

漯河师范学校是一大批漯河人心目中抹不去的记忆，在漯河当代发展的历程中贡献也是不可磨灭的。它从创立到蝶变走过了整整五十年。半个世纪在历史的长河中如浪花之迅忽，但她先后培养了数以万计的优秀人才，在那个年代改变了数以万计的家庭的命运。她所培养的学生从事了不同的职业，多数人初心难移坚守在教育战线，有的机缘巧合走上从政从艺的道路，也有一些随势而舞转型为企业经营人才。他们的成败不一而论，但学子们如星火遍布域内四野，或怀揣梦想冲出故园走向八方，足以给这个时代的漯河留下一些印记。

　　处在飞速发展的时代，人们总在怀念和留恋过往。不同的人会产生不同的反响，或高歌赞美或扼腕叹息，都是记忆过往的一种方式。王剑同志用它简略而生动的笔触，梳理了漯河师范学校的前世今生，仿佛把我们带回到那些已经远去的日子，相信会有许多人产生共鸣。

2020 年 12 月 30 日

细微之暖

陈玑说：机由天启，功待人成。对此我是相信的，但也有一点怀疑。

近一个世纪是中国社会变革最剧的世纪。首先是东西方思想文化的碰撞交融，打破了持续数千载的思维固化；其次是新经济的介入冲击着持续数千载的基本社会形态；再者，现代意义的城市出现，改变了持续数千载的社会基本单元——乡村的独立性。

这无疑具有划时代的进步意义！

风宪里是中原乡村的一个典型。记住它的变迁与生存现状，记住它漫长的沉淀和瞬间的蒸腾，编者以为是当代记录者的责任。我们今天津津乐道或扼腕叹息的，正是落寞于旧卷中的诸多细节。愿我们今天撷取的这些微不足道的片段，也能成为后来者咀嚼玩味的素材。

风宪里的典型性在于：

1. 它脱胎于旧时代，形成了与旧时代相适应的生存机理且走向了成功。上源应推及明中叶，农耕世家的陈玑以功名入仕，政声斐然于朝野，示范启立于宗族，带动了后世六百多年的绵延兴盛。

2. 它不是一个偶然个例，而是一个家族数百年的持守。风宪里文化的传统与中国千百个名闾望族所走过的道路相似，其文化核心乃"耕读为本"。正如清代徽猷阁大学士长葛杨佩璋在《陈氏三世家传》中所言"风宪里陈氏文范远裔世代书香冠族也。"

3. 它在社会大局动荡中既有自己的坚守，也有明确的价值取向。新文化运动时期、抗日战争和解放战争时期，这个封建制度下的幸运儿，其子孙中的佼佼者都不约而同地选择了历史正确的一面。深入考察这个命题，对于研究当下中国社会仍有现实意义。

4. 它还在恪守着传统中那些最核心的理念，但它无疑也在经受着时代的考验。再过一百年，熙熙攘攘的后来者还能不能看到这样的村庄？生命的无奈和学力的局限让我不敢想象。

组织这样一本小册子既是预谋在先的，也是颇费周折的，更是出乎意料的。一年前与乡民们约定时，就有思想准备，即"词不厌俗浅"，也无须鸿篇巨制，唯求真实的乡村生态记述。十几个写作者认为这也是他们自己的事情，接受邀约之后，就一起沟通协商，订立各自的撰写计划和方案。然后分头查资料、访遗老，勘验求证、咬文嚼字。紧赶慢赶，终于在辛丑年孟冬完成初稿。之后又按照史料范例做了修改校正。

　　编辑过程中，确有些许感动，如那些动荡岁月中的果敢，艰难日子里偶然的一个幸福，已经渐行渐远的邻里间的家常，还有那些似是陈旧不合时宜的先贤遗训。相信读者各自的慧眼也会有新的发现新的收获。

　　功成者淡其名。不言谢，谨为叙。

　　　　　　　　2022 年 1 月 9 日

庚子年总是给中国人留下一些刻骨铭心的记忆。1840、1900 年的炮火和硝烟使一个民族在屈辱中惊醒，反思闭关锁国的教训，探求复兴的道路；1960 年前后的自然灾害酿成了六亿人的酸楚，让决策者对"国之大者"的治理产生了困惑与焦虑；2020 年，意气风发的中国人民也突然遭遇了新冠肺炎疫情的考验。

今日之中国已非 1840、1900 年之中国，亦非 1960 年之中国。全国人民在中共中央的坚强领导下，坚定信心、同舟共济，科学防治、精准施策，打响了疫情防控的人民战争、总体战、阻击战。

面对灾难，人民空前团结，表现出无比坚强的意志和大无畏的牺牲精神。医务工作者白衣为甲，逆行出征；公安民警、疾控工作人员、社区工作者冲锋在前，忠诚履职；广大群众顽强不屈、守望相助，凝聚起群防群治、联防联控的强大合力；教育工作者从三尺讲台转战电脑屏幕，化身网络主播，不仅教给孩子们知识，更教会了孩子们成长；新闻宣传战线工作者挺身而出成为战地记者，如实讲述疫情防控的中国故事。夜以继日攻坚的科研团队、顶风冒雪奔波的快递小哥、起早贪黑清扫的环卫工人、加班加点的企业员工，像一朵朵闪亮的火花，在各自岗位上拼搏奉献。千千万万普通群众识大体、顾大局，或值守防控卡点，或坚守工作岗位，或参与志愿服务，或自觉宅在家中，用不同的方式为抗疫助力加油。

文史资料工作承担着"存史资政，团结育人"的责任。疫情初起时，我们向全市各级政协委员及社会各界人士发出了《新冠肺炎疫情防控专题史料征集工作方案》，倡导社会各界记下自己在这场大考中的经历。广大政协委员及各界人士积极响应，截至10月底，共收到各类稿件75篇。我们从中选出29篇编印成册，以此致敬此次抗疫斗争中无数个发光发热的"小我"和无数个默默做出贡献的"小家"。

稿件的口述人和撰写人来自不同的群体，从事不同的职业。有古稀之年的农村退休老师，有初出茅庐的社区工作者；有肩负指挥调度责任的各级政府及卫健部门的领导，有奔波于一线的疾控工作者和基层干部；有不同战线的职业人和志愿者，也有"宅在家里就是做贡献"的普通人。

编辑之余，也心生少许遗憾，期待中的一些稿件没有如约而至，部分稿件因体裁原因未能选入。我们相信还有更多有心人在记录这波澜壮阔下的点点滴滴。

历史将不会忘记这生动的一幕幕。

2020 年 12 月 30 日

细微之暖

附录

晴　日（毛合民　绘）

人生杂味

—

　　人生不易，人们常常会这样喟叹，多数是叹自己，也有人叹他人。每个人在追求幸福人生的道路上，都要付出奋斗。奋斗中有收获的快乐，也会有挫折和艰辛。看到他人的成就，应该懂得他背后所付出的艰辛。自己遇到困难也应该懂得坎坷过后是坦途。意志力坚强的人从来不夸大自己的困难，只有坚持埋头苦干、努力奋斗。那些意志薄弱的人才会放大自己的困难，甚至在困难面前低头，放弃努力奋斗。

二

人有自然性和社会性两个特征。自然性是无差别生物的低级本能，如情绪、血亲关系、占有欲等；社会性是作为高级群体生物衍生出的觉悟和意识，如情感、道德、信仰等。控制和规范自然性，维护和稳定社会性是人类走向文明的必然选择。个体的人无时无刻不与同伴打交道，自然性的约束和社会性的自觉便成为必修课。

三

人生是有阶段性的，每个阶段有每个阶段的特性和功用。婴幼儿期对世间万物皆有好奇，正是发育身体启蒙智慧的时期。青春期思想萌生，世界观逐渐形成，宜培养兴趣、确立志向，同时还要完成婚育以繁衍血脉。中壮年是稳健成熟期，正是立家立业的大好时机，尚且要抚育下一代，为下一代校正航向。人之将老应有所收敛，以便颐养天年。这是每个阶段的主要特性和功能，完成好每个阶段的任务便可称无大缺憾。

四

凡事皆有度。把握好度首先要认清大势，不逆势而为。正如前贤所言：天下大势浩浩荡荡，顺之者昌逆之者亡。其次，认清现实和条件。蛇能吞象，是因为蛇有开合自如的嘴巴，有超强的消化功能，还有持久的耐心。其三，灵活而恰当的方式，与角色相一致的态度。居上位与居下位是不同的角色，借债人和讨债人有不同的心态，其思想方式和行为方式自然是不同的。其四，适宜的时机。任何事物的发展都有阶段性，不超越阶段、不违背规律，顺时顺势而作为，才能收到事半功倍的效果。

五

判断和选择对于人生至关重要。判断是否符合实际决定着行动的方向，决定着生活是向前走、向上走，还是向后退或向下走。贪图安逸而放弃努力，生活会停滞不前或者走下坡路。心中有目标且有毅力不懈奋斗，才是充实而有价值的。作一项重要选择时，应该冷静地判断它将对你人生的影响，而不是靠冲动的情绪或眼前的得失去做决策。

六

现代社会信息通信发达，人人都可以得到广泛而丰富的信息以利于自己对各种事物的判断。准确的判断离不开及时、丰富、准确的信息，但更离不开切合实际的方法。如何验证自己的判断是否准确？老祖宗告诉我们一个很简单的方法：兼听则明。虽然现在很多人在大学里学了哲学和逻辑学，但在现实生活中的应用却是另外一回事，拥有这些知识的人也不要过高地估计自己。如果你的想法和周围大多数人的想法是相反的，那就需要冷静下来，从事物的源头出发，重新思考，对每一个分歧点作出多角度的选择。这样，也许就会推演出一个新的更加合理的判断。

七

日常生活中，常常会遇到一些不尽如人意的地方，尤其是在与人打交道的过程中。不尽如人意的核心是不如自己的意愿。这种情况下，就要学会为别人找理由，就是客观地、合理地从他人的角度出发去思考问题。遇到一个问题，我们往往熟知自己的处境，但是并不熟知他人的处境，如果能推断或假设出他人的处境，就为别人的思维方式和行为方式找到了合理的理由。这也是理解他人和为他人着想的一种境界。

八

"人生的道路虽然漫长，但紧要处常常只有几步，特别是当人年轻的时候。"柳青所言紧要的几步往往是一生的重大节点，用什么样的态度和方法对待这些节点会影响到人的一生。积极的态度、积极的方法、向好的方向努力，会是一种结果。消极的态度、消极的方法、任其向坏的方向发展，结果是可想而知的。有的人事业上有成就、生活中有趣味、婚姻家庭幸福美满，这不会是天生就有的，一定是积极努力的成果。正如习大大的一句名言："幸福都是奋斗出来的！"

九

老子说"上善若水"是告诫世人：不争是一种人生智慧。日常生活中，每个人站在不同的角度观察事物，由于背景和阅历不同，对同一个问题也会有千差万别的见解。一般人往往站在个人的角度，从个人的学识出发来强调个人的见解，认为己见即真理，甚至不愿意倾听对方的意见和建议。其实，就像登黄山，站在不同的角度会看到不同的风景，所以要听得懂不同的解读，并学会借鉴吸收。海纳百川是思想者的智慧。

十

背景和阅历对人的性格、能力有重要影响。背景包括家庭环境和成长环境。阅历包括学习经历和工作经历。无论背景与阅历，产生影响的重要因素是人和事。在特定背景中会有一些人和事对自己影响较大，如不同家庭有不同的待人处事态度和方式；不同阅历中也会有一些人和事对自己产生大的影响，如基层工作体验较多的人善于从方法上去解决问题，而机关工作阅历丰富的人善于从理论和系统性上看问题。如果认同这个观点，就能够有针对性地认识自身的优势和不足，同时也能够有针对性地从他人身上汲取长处补充自己。领导者或管理者也可以从不同的背景和阅历去识别人，从而更加科学合理地使用人。

十一

进入社会的每一个人面临最多的就是选择。绝大多数是单项选择，如职业、婚姻，选择了 A 就不能选择 B，选择了 B 就不能选择 A。有些选择看似简单，最终的结果却大相径庭。所以，每一次选择都应该认真对待，一旦选定自己所走的路，就应该义无反顾坚持到底。犹豫不决和不断反复会贻误人生。

十二

人生的过程也是一个交换的过程。这种交换不是市场规则下的交换，而是有用性的交换。一个人生活在社会上是避免不了要同其他人打交道的，进而会形成自己的生活圈。在圈子里，你首先应该是一个有用的人，一个发光发热的人。在这个圈子里，你也在不断借用他人的光和热。如果一个人不能发出光和热，那么就失去了有用性，失去了交换的资本。失去有用性相应的也就减少了与人交往的概率，逐步会变得孤独无助。有用性还应该主动奉献，你

的有用性得到周围人的认可，周围人才会主动地与你进行
交换。有用性得到了更多人的认可，才会有更多的人主动
地和你进行交换，这样的人就能蓄积强大的人际资源，生
活中遇事会游刃有余。

十三

常言道：人生不二。走过的人生，就像刚刚流逝的腊
月一样已成定局，许多事情没有更改的机会，甚至不堪回
首。每个人待人接物做事是很容易受格局或情感情绪影响
的，是否都做到了合理有道呢？要想弄明白就需要不断地
回头审视。封建社会帝王家都会在园林里修一座思过亭，
做皇帝的要定期到这个幽僻之所去审视自己的不足。而凡
人大众多是懵懵懂懂跌跌撞撞走过一辈子的。现在管理制
度中，任何组织都有做月度报告、季度报告、年度报告的
机制，多数人只是把它当作一种流程，而很少用思过的态
度去总结回顾。只有那些自我觉悟的人才会在总结中怀疑
自己、否定自己、挑战自己，坦诚面对过失和缺点。这样
的人能真正发现人性的不足，实现自我革新，从而做到无
怨无悔。

十四

我曾经怀疑因果论，认为那是唯心主义的。随着阅历

增长，我改变了对因果论的看法，承认了因果联系是客观世界普遍联系和相互制约的表现形式之一。正如按节律播种才能收获果实，年轻时投入正确的努力才会收获进步，为他人付出热诚才能收获真挚的友谊。前者都是后者的因，后者就是前者的果。民谚曰：年少有福不算福，老来有福才是福。半百之后才悟出，为人父母者在盛年期能为子女明辨是非、校正方向、提供保障，抚其成才或自食其力，老将至时才能有所依靠。一般而言，老来的福都是盛年期种下的因结出的果。年轻时能悟出这样的道理是真正的聪明；老来能明白这样的道理也可称为开明。

细微之暖

图书在版编目（ＣＩＰ）数据

细微之暖 / 鲁锁印著 . -- 北京 : 中国文史出版社，
2024. 12. -- ISBN 978-7-5205-5117-5

Ⅰ . I267

中国国家版本馆 CIP 数据核字第 20254CB290 号

责任编辑：梁　洁　装帧设计：杨飞羊

出版发行：中国文史出版社

社　　址：北京市海淀区西八里庄路 69 号　邮编：100142

电　　话：010-81136606　81136602　81136603（发行部）

传　　真：010-81136677　81136655

印　　装：廊坊市海涛印刷有限公司

经　　销：全国新华书店

开　　本：32

印　　张：8.25

字　　数：180 千字

版　　次：2025 年 6 月北京第 1 版

印　　次：2025 年 6 月第 1 次印刷

定　　价：59.00 元